Milena Agus
Uma certa história de amor

Milena Agus
Uma certa história de amor

Lina Rosa TRADUÇÃO

Título original: *Mal de pietri*
Copyright © 2006 nottetempo srl.
Publicado mediante acordo com The Ella Sher Literary Agency, www.ellasher.com, em conjunto com nottempo srl.
© desta edição 2018 Casa da Palavra/LeYa

Todos os direitos reservados e protegidos pela Lei 9.610, de 19.2.1998.
É proibida a reprodução total ou parcial sem a expressa anuência da editora.

Editora responsável
Izabel Aleixo

Gerente editorial
Maria Cristina Antonio Jeronimo

Produção editorial
Mariana Bard

Revisão de tradução
Pedro Orósio

Revisão
Ana Kronemberger

Diagramação
Filigrana

Capa
Victor Burton

Fotos de capa
© Westend61 (Getty Images)
© Roberta Nateri (Getty Images)

Dados Internacionais de Catalogação na Publicação (CIP)
Angélica Ilacqua CRB-8/7057

Agus, Milena
    Uma certa história de amor / Milena Agus ; tradução de Lina Rosa. – Rio de Janeiro : LeYa, 2018.

ISBN: 978-85-441-0718-8
Título original: Mal di pietri

1. Literatura italiana I. Título II. Rosa, Lina

CDD 853

18-0425

Índices para catálogo sistemático:
1. Literatura italiana

Todos os direitos reservados à
Editora Casa da Palavra
Avenida Calógeras, 6 | 701
20030-070 – Rio de Janeiro – RJ
www.leya.com.br

"*Se eu nunca encontrar você, que sinta ao menos a sua falta.*"
Pensamento de um soldado no filme *Além da linha vermelha*

I

Minha avó conheceu o veterano no outono de 1950. Pisava pela primeira vez o Continente, vindo de Cagliari, na Sardenha. Ia fazer quarenta anos e não tinha filhos porque *su mali de is pèrdas,* seus cálculos renais a faziam sempre abortar nos primeiros meses. Então, usando um sobretudo comprido de corte reto, sapatos de salto alto com cadarços de amarrar e carregando a mala que o marido trouxe quando se refugiou na ilha, foi mandada para as termas, para se tratar.

2

Minha avó se casou tarde, em junho de 1943, depois do bombardeio dos americanos a Cagliari. Naquela época, não ter marido aos trinta anos era quase já ser uma solteirona. Não que fosse feia ou lhe faltassem pretendentes, pelo contrário. Mas sempre chegava um momento em que os pretendentes começavam a rarear as visitas e depois deixavam de aparecer, antes de terem pedido oficialmente a sua mão ao meu bisavô. *Minha gentil menina, motivos de força maior me impedem, esta quarta-feira e também na próxima, de* fai visita a fustetti, *de ir lhe fazer uma visita, coisa que seria muito do meu agrado, mas infelizmente é impossível.* Então, minha avó esperava por mais uma quarta-feira ainda, mas via sempre aparecer uma *pipiedda,* uma menininha, com outra carta que adiava mais uma vez o encontro. Depois de algum tempo, não recebia mais nada.

Meu bisavô e as irmãs gostavam dela assim, quase solteirona, mas minha bisavó não. Tratava-a sempre como se não fosse sangue do seu sangue e dizia que ela sabia por quê.

Aos domingos, quando as moças do lugar iam à missa ou passeavam na praça de braço dado com os namorados, minha avó prendia os cabelos num coque e ia à igreja. Se, quando eu era pequena e ela já velha, seus cabelos ainda eram bastos e negros, imaginem então como eram nessa época. Na igreja, ela perguntava a Deus por quê, por que Ele era tão injusto que lhe negava o conhecimento do amor, que é a coisa mais bela e importante do mundo, a única por que vale a pena viver uma vida na qual ela se levantava todos os dias às quatro da manhã para fazer as tarefas domésticas, ir trabalhar nos campos, depois a uma aula de bordado entediante, depois à fonte para buscar água de beber com a jarra à cabeça, e depois, de dez em dez dias, passar uma noite inteira acordada para fazer o pão e depois tirar água do poço e depois dar de comer às galinhas. Então, se Deus não queria que ela conhecesse o amor, que a matasse, de um jeito ou de outro. Na confissão, o padre lhe dizia que tais pensamentos eram um pecado muito grave e que há muitas outras coisas neste mundo, mas minha avó não queria saber das outras coisas.

Um dia, minha bisavó esperou minha avó no pátio com a *zironia*, um chicote, e começou a bater nela até lhe fazer feridas na cabeça que a deixaram com febre. Soube por boatos que corriam na ilha que os pretendentes iam embora porque minha avó lhes escrevia poemas de amor ardentes, que falavam de coisas imorais e que a filha se enlameava não só a si mesma, mas a toda a família. Minha bisavó batia nela, batia e gritava "*Dimonia! Dimonia!*", "Demônia, demônia", e maldizia o dia em que a tinha mandado para a escola para aprender a ler e escrever.

3

Em maio de 1943, meu avô chegou à aldeia. Tinha mais de quarenta anos e um emprego nas salinas de Cagliari. Tivera uma bela casa na via Giuseppe Manno, ao lado da igreja de San Giorgio e Santa Caterina, uma casa de onde se viam todos os telhados do porto e até o mar. Dessa casa e da igreja e de muitas outras coisas, depois dos bombardeios de 13 de maio, não restava nada a não ser um buraco e um monte de ruínas. A família da minha avó recebeu muito bem esse senhor, que não fora convocado para a guerra por causa da idade. Ficara viúvo há pouco tempo e se refugiara lá, só com uma mala emprestada e algumas coisas que tirou das ruínas. Veio para comer e dormir de graça. Em junho, pediu a mão de minha avó e em seguida se casou com ela. No mês que antecedeu o casamento, minha avó chorou quase todos os dias. Ajoelhava-se aos pés de meu bisavô e lhe pedia para dizer não, para inventar que já estava prometida a outro homem que andava na guerra. Se até em sua casa já não a queriam mais, ela estava disposta a tudo. Iria para Cagliari e procuraria trabalho.

– *De Casteddu bèninti innòi, filla mia, e tui bòeisi andai ingúni! Non c'esti prus núdda in sa cittàdi.* Os de Cagliari estão vindo para cá, minha filha, e você quer ir para lá… Não há mais nada lá – gritava-lhe a mãe.

E continuou esbravejando:

– *Màcca esti*, sua doida! – berrava minha bisavó. – *Macca schetta! In sa cittadi a fai sa baldracca bòliri andai, chi scetti kussu pori fai, chi non sciri fai nudda cummenti si spettada, chi teniri sa conca prena de bentu, de kandu fiada pitíca!* É uma doida varrida! Quer ir para a cidade para ser puta, isso sim, que é só o que ela deve mesmo saber fazer, porque não faz nada direito. Desde pequena é uma cabeça de vento.

Não custava nada inventar um namorado na frente de batalha: nos Alpes, na Líbia, na Albânia, no mar Egeu, ou mesmo embarcado na Marinha Real. Não custava nada, mas meus bisavós não aceitaram. Então ela mesma disse ao homem que não o amava e nunca seria para ele uma "verdadeira esposa". Meu avô disse que não se preocupasse. Ele também não a amava. Ambos deviam saber do que estavam falando. Quanto a ser uma "verdadeira esposa", ele entendeu muito bem o que ela queria dizer. Não havia problema: continuaria a ir ao prostíbulo do porto, como sempre fizera desde rapaz e nunca tinha pegado doença nenhuma.

Só foram para Cagliari em 1945. Meus avós, depois de casados, ficaram dormindo como irmãos no quarto de hóspedes de meus bisavós. No quarto havia a cama de espaldar alto, de ferro, com adornos de madrepérola, o quadro da Virgem com o Menino, o relógio dentro da campânula de vidro, o lavatório com a bacia e o jarro, o espelho com uma flor pintada e o urinol de porcelana, debaixo da cama. Essas coisas, minha avó as levou para a via Giuseppe Manno, quando a casa da aldeia foi vendida. Queria o quarto igualzinho ao do seu primeiro ano de casamento. Mas, na casa da aldeia, os quartos só recebiam a luz e o ar que vinham da sacada, e na via Manno a luz do sol e o cheiro do mar estavam por toda parte, invadindo a tudo e a todos até ao entardecer, intensamente, e fazendo todas as coisas brilharem. Eu sempre gostei desse quarto e, quando era menina, minha avó só me deixava entrar lá se eu tivesse me comportado bem e nunca mais do que apenas uma vez por dia.

Durante o seu primeiro ano de casamento, minha avó teve malária. A febre chegava aos quarenta e um graus e era meu avô quem cuidava dela e ficava sentado por horas a fio, velando para que o pano que lhe colocava na testa não ficasse quente. A testa de minha avó fervia e era preciso constantemente molhar o pano em água fresca. Meu avô andava para lá e para cá e ouvia-se o rangido da roldana do poço de dia e de noite.

*

Num daqueles dias, mais precisamente em 8 de setembro, foram lhe dizer o que tinham ouvido no rádio: a Itália tinha pedido o armistício e a guerra terminara. Mas para meu avô, não tinha terminado coisíssima nenhuma e devíamos torcer para que o general Basso deixasse os alemães irem embora da Sardenha sem heroísmos inúteis. Basso devia pensar da mesma maneira porque os trinta mil homens da divisão Panzer do general Lungerhausen partiram calmamente, sem nenhum massacre, e depois ele foi preso e processado por isso, mas, no entanto, os sardos se salvaram. Não foi como no Continente. Meu avô e o general tinham razão porque depois ouviu-se na Rádio Londres sobre os protestos de Badoglio porque os soldados e oficiais feitos prisioneiros pelos alemães na frente italiana foram assassinados. Quando minha avó melhorou, foram lhe contar que, se não fosse o marido, a febre a teria levado e que tinha havido o armistício e novas alianças foram feitas, e ela, com uma maldade que depois nunca se perdoou, deu de ombros como se dissesse "E eu com isso".

*

Na cama de espaldar alto, à noite, minha avó se encolhia toda e ficava o mais longe possível de meu avô, de tal forma que muitas vezes caía no chão e, quando havia luar e a luz entrava pela sacada e iluminava as costas do marido, ela sentia medo daquele forasteiro. Ela nem sabia se ele era bonito ou não, porque não o olhava. Da mesma forma ele também não a olhava. Se meu avô estava dormindo profundamente, ela fazia xixi no urinol; se não, fazia um movimento imperceptível, punha o xale e saía do quarto e atravessava o pátio, estivesse o tempo que estivesse, para ir ao banheiro que ficava ao lado do poço. Meu avô, aliás, nunca tentou se aproximar dela e também ficava tão encolhido no outro lado da cama que, corpulento como era, caiu por várias vezes e viviam ambos sempre cheios de manchas escuras. A sós, ou seja, no quarto, nunca falavam um com o outro. Minha avó fazia as orações da noite; meu avô não, porque era ateu e comunista. E depois um deles dizia:

– Boa noite.

E o outro respondia:

– Boa noite para você também.

De manhã, minha bisavó queria que a filha fizesse café para meu avô. O café naquela época era de grão-de-bico e cevada torrados na lareira, com um utensílio próprio para isso, e depois moídos.

– Leve o café para o seu marido – e então minha avó ia até o quarto com a xícara lilás de fios dourados em cima da bandeja de vidro com flores e a colocava aos pés da cama e saía correndo, como se tivesse deixado uma tigela de comida para um cachorro feroz, coisa que depois também nunca se perdoou a vida inteira.

Meu avô ajudava no campo e suportava bem o trabalho, embora fosse da cidade e tivesse passado a vida estudando e no escritório. Muitas vezes fazia também o trabalho da mulher que, a essa altura, já tinha cólicas renais cada vez mais frequentes. Ele achava um horror que uma mulher fosse obrigada a trabalhar tão pesado no campo ou buscar água com a jarra na cabeça, mas, por respeito à família que o abrigou, só dizia isso quando falava da sociedade sarda do interior em geral, porque em Cagliari era diferente e as pessoas não se ofendiam por nada e não viam mal em tudo, sem dó nem piedade. Devia ser o ar do mar que fazia as pessoas mais livres, pelo menos sob certos aspectos, mas não do ponto de vista político, porque os habitantes de Cagliari eram todos uns burgueses, sem vontade de lutar por coisa alguma.

No mais, ouviam a Rádio Londres, mesmo que minha avó pouco se lixasse para o mundo. Na primavera de 1944, souberam que havia seis milhões em greve no norte da Itália, que em Roma foram mortos 32 alemães e, em represália, 320 italianos foram presos e fuzilados, que o 8º Exército estava pronto para uma nova ofensiva, que nas primeiras horas da manhã do dia 6 de junho os Aliados desembarcaram na Normandia.

4

Em novembro, a Rádio Londres anunciou que as operações militares na frente italiana seriam suspensas e pedia aos resistentes do norte que tivessem paciência e gastassem suas energias em ações de sabotagem.

Meu avô disse que a guerra iria continuar e que não podia ser hóspede para sempre, e foi então que eles se mudaram para Cagliari.

*

Foram viver na via Sulis, num quarto mobiliado que dava para um pátio, e dividiam o banheiro e a cozinha com outras famílias. Embora não tivesse perguntado nada a ninguém, foi pelas vizinhas que minha avó soube da família de meu avô, dizimada naquele 13 de maio de 1943.

Naquela maldita tarde, todos estavam em casa para comemorarem o aniversário de meu avô. Menos o aniversariante. Logo nesse dia, em plena guerra, sua esposa, uma mulher frígida e feia, que não gostava de ninguém, tinha feito um bolo e reunido os parentes. Quem pode saber há quanto tempo ela vinha comprando os ingredientes necessários na *martinicca*, no mercado negro, cada grama de açúcar, coitada..., coitados. Não se sabe ao certo o que aconteceu, só que eles não saíram de casa quando soou o alarme para que fossem para o abrigo embaixo do Jardim Público. Uma explicação absurda, mas, talvez, a única possível, é que o bolo já estivesse no forno, ou então sendo batido, e eles não quisessem perder aquela maravilha de bolo por causa de uma cidade já morta. Ainda bem que não tiveram filhos, disseram as vizinhas, porque mulher, mãe, irmãs, cunhados e sobrinhos se esquecem rapidamente, como de fato meu avô os tinha esquecido, e dava para entender o porquê, bastava ver como era bonita sua segunda mulher. Meu avô tinha sido sempre um homem alegre, forte, saudável, mulherengo. Ainda rapaz, em 1924, os fascistas o obrigaram a beber óleo de rícino para lhe dar uma lição, e depois ele sempre brincava com esse fato, fazia piadas. Parecia resistir a tudo. Bom garfo, bom copo, bom cliente do prostíbulo. E a mulher sabia disso, coitada, e sabe-se lá o que tinha sofrido, ela que se escandalizava com tudo e nunca devia ter deixado que o marido a visse nua, mesmo que não houvesse grande coisa para ver, e era de perguntar o que é que aqueles dois faziam juntos.

Minha avó, pelo contrário, era um mulherão, como certamente ele sempre desejara. Tinha aqueles seios rijos e os cabelos negros e bastos, e aqueles olhos enormes. E também era carinhosa e a paixão que aconteceu entre marido e mulher foi um amor à primeira vista tão grande, que os dois tinham se casado em apenas um mês. Só era pena aquelas cólicas renais horríveis, pobrezinha, e as vizinhas, que gostavam muito dela, não se importavam que minha avó fosse à cozinha fora do horário, quando se sentia bem, mesmo que já tivessem limpado e arrumado tudo.

Minha avó foi amiga das vizinhas da via Sulis durante toda a vida. Nunca tiveram uma discussão, mas também não se pode dizer que conversassem umas com as outras, mas se faziam companhia dia após dia, seja lá como fosse. Nos tempos da via Sulis, encontravam-se na cozinha para lavar a louça e, enquanto uma ensaboava, outra enxaguava e outra ainda enxugava os pratos e, se minha avó estava doente, também lavavam a louça dela, *mischinedda*, coitadinha. E foi com as vizinhas e os maridos que minha avó acompanhou os últimos momentos da guerra. No gelo da cozinha da via Sulis, com dois ou três pares de meias remendadas nos pés e as mãos debaixo dos braços, todos ouviam a Rádio Londres.

Os maridos, todos comunistas, torciam pelos russos, que em 17 de janeiro ocuparam Varsóvia, em 28, estavam a 150 quilômetros de Berlim, enquanto os Aliados ocuparam Colônia no início de março, e seu avanço e a retirada dos alemães, segundo disse

Churchill, eram só uma questão de dias. No final de março, Patton e Montgomery atravessaram o Reno, no encalço dos alemães em debandada.

No dia do aniversário de meu avô, em 13 de maio, a guerra já tinha terminado e todos estavam felizes, mas para minha avó aqueles avanços e retiradas, vitórias e derrotas não representavam nada. Na cidade, não havia água, esgoto nem luz elétrica, e também não havia o que comer, a não ser as sopas em lata americanas. E o que se encontrava para comprar chegava a ter um aumento no preço de trezentos por cento. Mas as vizinhas, quando se reuniam para lavar a louça, riam por qualquer *sciollorio*, por qualquer bobagem, e mesmo quando iam à missa, na igreja de Santo Antônio ou de Santa Rosália, ou na dos Capuchinhos, não paravam de rir na rua. Andavam sempre três à frente e três atrás, com suas roupas gastas viradas do avesso. E minha avó falava pouco, mas ia sempre com elas e os dias passavam e minha avó gostava que em Cagliari as vizinhas não fossem tão dramáticas como lá na aldeia. Se alguma coisa não corria bem, diziam apenas *Ma bbai!*, que seja!, e quando, por exemplo, um prato caía no chão e se quebrava, apesar de serem muito pobres, apenas davam de ombros e apanhavam os cacos. No fundo, estavam contentes por serem pobres, era melhor do que ter dinheiro como muitos que em Cagliari tinham feito fortunas com as desgraças dos outros, no mercado negro ou roubando coisas no meio dos destroços antes de os desgraçados dos donos chegarem à procura delas. Elas eram autênticas *mi naras nudda!*, estou pouco me importando. Minha avó pensava que isso era por causa do mar e do céu azul, e da imensidão que se via dos Bastioni e por causa do vento que vinha do Norte. Ali era tudo tão infinito que uma pessoa não se podia deter na sua própria vidinha.

No entanto, nunca exprimiu tais ideias, digamos assim, poéticas, porque tinha medo de que as vizinhas também descobrissem que era louca. Escrevia tudo no caderno preto com as bordas vermelhas e depois o escondia na gaveta das coisas secretas com os envelopes com o dinheiro para a comida, os remédios e o aluguel.

5

Uma noite, meu avô, antes de se sentar na poltrona desengonçada que havia perto da janela que dava para o pátio, foi buscar o cachimbo na sua mala de refugiado, tirou do bolso um saquinho de tabaco que tinha acabado de comprar e se pôs a fumar pela primeira vez, desde aquele maio de 1943. Minha avó aproximou o seu banco do cadeirão e ficou sentada olhando para ele.

– Você fuma cachimbo?! Nunca vi ninguém fumar cachimbo.

E ficaram em silêncio. Quando meu avô acabou de fumar, ela lhe disse:

– Você não deve mais continuar a gastar dinheiro com as mulheres do prostíbulo. Gaste esse dinheiro com o tabaco. Aí você pode se sentar e descansar um pouco, enquanto dá umas baforadas. Você me explica o que essas mulheres fazem que eu mesma farei.

6

Nos tempos da via Sulis, as cólicas renais de minha avó eram terríveis, e sempre parecia que ela ia morrer. Era certamente por causa disso que eles não conseguiam ter filhos, nem quando já tinham juntado algum dinheiro e davam um passeio pela via Manno para verem o buraco onde iriam reconstruir a casa e poupavam muito para isso. Gostavam de olhar para aquele buraco mais ainda quando minha avó engravidava, só que todos os cálculos que tinha dentro dela acabavam sempre por transformar a alegria em dor e sangue por todos os lados.

Até 1947, grassou a fome, e minha avó se lembrava de como ficava feliz quando ia à aldeia e voltava de lá carregada, e subia as escadas correndo, e entrava na cozinha que cheirava a couve porque não entrava muito ar pelo pátio. Minha avó colocava em cima da mesa de mármore dois pães *civràxiu*, um pão típico da Sardenha, massa fresca, queijo, ovos e uma galinha para a canja, e aqueles cheiros bons encobriam o cheiro a couves, e as vizinhas faziam a maior festa e lhe diziam que ela era assim tão bonita por ser muito bondosa.

Nesses dias também era feliz, ainda que não tivesse amor, era feliz com as coisas do mundo, embora meu avô nunca a tocasse senão quando ela fazia o serviço das mulheres do prostíbulo. Na cama continuavam a dormir cada qual no seu canto, tomando o cuidado de não encostar um no outro. Um deles dizia:

– Boa noite.

E o outro respondia:

– Boa noite para você também.

E os momentos mais belos entre os dois eram quando meu avô acendia o cachimbo na cama, depois dos serviços sexuais, e dava para ver que ele se sentia bem, pelo ar que tinha, e minha avó olhava para ele sorrindo, deitada do seu lado, e meu avô perguntava "Você está achando graça?", mas nunca acrescentava mais nada, nem a puxava para si. E minha avó pensava sempre que o amor é uma coisa estranha, pois se ele não quer chegar, não chega, nem com a cama, nem com as delicadezas ou as boas ações, e que era estranho que precisamente não houvesse meio de fazê-lo chegar, da maneira que fosse, o amor, que era a coisa mais importante do mundo.

7

Em 1950, os médicos receitaram que minha avó fizesse um tratamento com águas medicinais. Disseram-lhe que fosse para o Continente, para as termas mais famosas, onde muita gente se curava. Então minha avó voltou a vestir o sobretudo comprido, de corte reto com três botões – que era o mesmo do casamento, que vi nas poucas fotografias dessa época –, pegou duas blusas que havia bordado, colocou tudo na mala de refugiado de meu avô e partiu de barco para Civitavecchia.

*

As termas ficavam num lugar feio e sem sol, e do ônibus que a levava do porto até o hotel só se viam colinas cor de terra, com alguns tufos de erva alta ao redor de árvores quase sem nenhuma folha, e mesmo dentro do ônibus todas as pessoas lhe pareceram doentes e sem cor. Quando começaram a surgir as castanheiras e os hotéis, pediu ao motorista para lhe mostrar o ponto do seu e depois passou algum tempo na porta, sem saber se fugia ou entrava. Era tudo tão estranho e tão sombrio, sob aquele céu cheio de nuvens, que pensou já estar no além, porque era assim que a morte devia ser.

O hotel era muito elegante, com lustres de pingentes de cristal todos acesos, embora fosse início de tarde. Ao entrar no quarto, reparou logo numa escrivaninha junto da janela e talvez tenha sido só por isso que não fugiu para o porto e pegou o próximo barco e voltou para casa, mesmo que meu avô ficasse muito zangado, e com razão. Nunca tinha tido uma escrivaninha, nunca pôde se sentar a uma mesa para escrever, porque escrevia sempre às escondidas, com o caderno no colo, e o guardava mal ouvia alguém se aproximar. Em cima da escrivaninha havia uma pasta de couro com folhas de papel timbrado, um tinteiro, uma pena com aparo e um mata-borrão. Por isso, a primeira coisa que minha avó fez, mesmo antes de tirar o sobretudo, foi pegar o caderno na mala e colocá-lo com todas as honras em cima da escrivaninha, dentro da pasta de couro. Depois fechou a porta à chave com medo de que alguém entrasse de repente e visse o que estava escrito no caderno e, por fim, sentou-se na grande cama de casal à espera da hora do jantar.

O salão tinha muitas mesas quadradas com toalhas brancas de linho e pratos de porcelana branca e talheres e copos reluzentes e, ao centro, um vaso de flores, e por cima de cada mesa pendia um bonito lustre com pingentes de cristal e com as lâmpadas todas acesas. Algumas mesas já estavam ocupadas por pessoas que lhe pareciam almas do Purgatório, pela palidez triste e as vozes abafadas e confusas, mas ainda havia muitos lugares livres. Minha avó escolheu uma mesa vazia e nas outras três cadeiras colocou a bolsa, o sobretudo e o casaco de lã e, quando alguém passava ao seu lado, mantinha a cabeça baixa, esperando que ninguém se sentasse com ela. Não tinha vontade de comer, nem de se tratar, porque sentia que não ficaria curada e que nunca teria filhos. Só as mulheres normais, alegres e sem maus pensamentos, como as vizinhas da via Sulis, tinham filhos. Os que havia concebido, mal percebiam que estavam na barriga de uma louca, fugiam logo dali, como tinham feito todos os seus namorados.

Minha avó pensava nisso quando um homem entrou no salão carregando uma mala, pelo que se podia perceber que ele tinha acabado de chegar e ainda não tinha sequer estado no quarto. Ele usava uma muleta, mas andava depressa, com agilidade, e minha avó gostou desse homem como nunca gostara de nenhum dos pretendentes a quem tinha escrito poemas ardentes e a quem esperara uma quarta-feira depois da outra. Nesse momento, teve a certeza de que não estava no além, com outras almas do Purgatório, porque coisas como essa não acontecem no além.

O veterano tinha uma mala modesta, mas estava vestido com muita distinção e, apesar da perna de pau e da muleta, era um homem muito bonito. Logo que chegou ao quarto, depois do jantar, minha avó sentou-se imediatamente à escrivaninha e pôs-se a descrevê-lo detalhadamente. Assim, se nunca mais o visse no hotel, não corria o risco de esquecê-lo. Era alto, moreno, de olhos profundos e pele macia, pescoço fino, braços fortes e compridos e mãos grandes e ingênuas, como as de um menino, boca carnuda e bem visível, apesar da barba curta e ligeiramente crespa, e um nariz suavemente aquilino.

Nos dias seguintes, observava-o da sua mesa ou na sacada aonde ele ia fumar cigarros Nazionali sem filtro ou ler, e aonde ela ia fazer os enfadonhos bordados de ponto de cruz para os guardanapos. Colocava sempre a cadeira um pouco para trás, para não ser vista enquanto observava fascinada a linha da sua fronte, o nariz afilado, a garganta indefesa, os cabelos encaracolados já com os primeiros fios brancos, a magreza pungente dentro da camisa branca, imaculada e engomada, de mangas arregaçadas, os braços fortes e as mãos bondosas, a perna rígida dentro das calças, os sapatos velhos, mas perfeitamente engraxados. A dignidade daquele corpo maltratado, mas, ainda assim, inexplicavelmente forte e bonito, era tal que dava vontade de chorar.

Depois também houve dias de sol e tudo parecia diferente, as castanheiras douradas, o céu azul e, na sacada, aonde o veterano ia fumar ou ler e minha avó fingir que bordava, havia muita luz.

Ele se levantava e se punha a contemplar as colinas por detrás dos vidros e ficava pensativo e depois, quando se virava para voltar a se sentar e sorria um sorriso límpido, que quase doía em minha avó de tanto lhe agradar. A emoção enchia-lhe o dia.

Uma noite, o veterano passou pela mesa de minha avó e pareceu não saber se devia se sentar ou não, e então ela tirou o sobretudo e a bolsa para abrir espaço a seu lado, e ele se sentou e os dois sorriram um para o outro, olhando-se nos olhos, e nessa noite não comeram nem beberam nada. O veterano sofria do mesmo mal de minha avó; também tinha os rins cheios de cálculos. Tinha lutado na guerra. Quando era rapaz, leu muito os romances de Salgari, e se alistou como voluntário na Marinha. Gostava do mar e de literatura, sobretudo de poemas, que o tinham amparado nos momentos mais difíceis. Quando a guerra acabou, deu baixa e se transferiu de Gênova para Milão, onde ensinava italiano e tentava de todas as formas não entediar os alunos. Vivia numa casa de cômodos, em dois quartos pintados de branco e sem nenhuma recordação do passado. Casara-se em 1939 e tinha uma filha que estava aprendendo a ler a escrever e a fazer as letras gregas, como então se usava, num caderno quadriculado, e as letras formavam a moldura da página, como os desenhos que minha avó bordava nos guardanapos. A filha gostava muito da escola, do cheiro dos livros e dos artigos de papelaria. Gostava da chuva e dos guarda-chuvas, ele tinha comprado um colorido para ela, como os guarda-sóis da praia. Nessa época, em Milão, estava sempre chovendo, mas, não importava o tempo, a filha esperava por ele sentada nos degraus da frente da casa ou saltitando pelo pátio interno para onde davam os quartos mais pobres. Em Milão também havia a névoa, coisa que minha avó não conhecia mas que, pela descrição, lhe pareceu o além. Já ela, quanto a filhos, não tinha nenhum. Certamente por culpa dos cálculos renais. Também tinha gostado muito da escola, mas a tiraram de lá no quarto ano. O professor foi até sua casa pedir aos pais que mandassem a menina para o liceu, ou ao menos para uma escola técnica, porque ela escrevia muito bem, mas os pais ficaram com medo de serem obrigados a deixá-la continuar os estudos e disseram ao professor que ele não sabia dos problemas que a menina tinha e que não voltasse mais ali. Minha avó, porém, já tinha aprendido a ler e escrever e há muito tempo que escrevia às escondidas. Poemas. Pensamentos, talvez. Coisas que lhe aconteciam, mas um tanto inventadas. Ninguém sabia disso porque a tratavam como louca. Ela estava confessando isso naquele momento porque confiava no veterano, embora o conhecesse nem há meia hora. Ele ficou entusiasmado e a fez prometer solenemente que não teria vergonha e que o deixaria ler, se tivesse alguns com ela, ou então os recitaria para ele, que os outros é que lhe pareciam loucos, e não ela. O veterano também ele tinha uma paixão: tocar piano. Desde criança tinha um, que havia sido de sua mãe e, quando voltava de licença, passava horas e horas tocando. O seu máximo foram os "Noturnos" de Chopin, mas depois, quando voltou da guerra definitivamente, já não encontrou o piano e não tinha tido coragem de perguntar à mulher o que foi feito dele. Agora tinha comprado outro e as suas mãos já começaram a se lembrar.

Ali, nas termas, sentia muita falta do piano, mas isso tinha sido antes de falar com minha avó, porque falar com ela e vê-la sorrir ou mesmo ficar triste e observar como os seus cabelos se soltavam quando ela gesticulava, ou admirar a pele dos seus pulsos finos em contraste com suas mãos cortadas era como tocar piano.

A partir desse dia, minha avó e o veterano nunca mais se separaram, só contra a vontade para irem fazer xixi, e não se importavam com os comentários, ele porque era do Norte, e minha avó, embora fosse sarda, menos ainda.

De manhã, encontravam-se no salão do café da manhã. O que chegasse primeiro comia devagar para dar tempo ao outro de chegar. Todos os dias, minha avó ficava com medo de que o veterano tivesse ido embora sem avisá-la, ou que tivesse se cansado da sua companhia e mudado de mesa e passasse por ela fazendo-lhe um frio aceno de cabeça, como todos aqueles homens das quartas-feiras de muitos anos antes. No entanto, ele escolhia sempre sua mesa e, se era ela que chegava depois, percebia que ele estava à sua espera, tomando apenas uma xícara de café e mais nada, e minha avó o encontrava ali, diante da xícara já vazia. O veterano pegava de repente a muleta e se levantava como se fosse saudar seu comandante. Ele inclinava ligeiramente a cabeça e dizia:

– Bom dia, princesa – e minha avó sorria, emocionada e feliz.

– Que princesa o quê?

Depois ele a convidava para irem juntos comprar o jornal, como meu avô, só que meu avô lia o jornal para ele, em silêncio, enquanto o veterano se sentava num banquinho ao lado dela e lia alguns artigos em voz alta e pedia a opinião de minha avó, e não importava que ele tivesse frequentado a universidade e minha avó só tivesse até o quarto ano. Dava para notar que ele levava as ideias dela em consideração. Por exemplo, perguntava-lhe o que os sardos pensavam sobre as obras públicas feitas para gerar emprego e o desenvolvimento do país. E o que minha avó pensava sobre a guerra na Coreia? Minha avó pedia para que ele lhe explicasse bem a questão e depois dava a sua opinião, e não abdicava por nada da sessão de notícias diárias, de sentir sua cabeça tocando a cabeça do veterano durante a leitura, de tal forma que poderiam num piscar de olhos se beijar, de tão perto que estavam.

Depois ele dizia:

– E por onde vamos hoje para voltar ao hotel? Proponha a senhora um caminho que lhe agrade.

Então escolhiam sempre um caminho diferente e quando o veterano via que minha avó estava distraída e parava, inesperadamente, para contemplar a fachada de um prédio, ou a copa das árvores, ou sabe-se lá o quê, como sempre foi seu hábito até a velhice, ele colocava a mão em seus ombros, pressionando-os suavemente, e a direcionava para um dos lados da estrada.

– Uma princesa. Comporta-se como uma princesa. Não se preocupa com o mundo que a cerca, o mundo é que deve preocupar-se com ela. A sua única missão é existir. Não é verdade? – e minha avó se divertia com essa fantasia. – Futura princesa da via Manno, agora da via Sulis e antes da sua aldeia.

Um dia, o veterano perguntou se podia ver os braços de minha avó e quando ela arregaçou as mangas da blusa, ele ficou absorto, percorrendo com o indicador as veias à flor da pele.

– Lindos – disse, passando a tratá-la por você e não por senhora. – Você é linda! Mas por que todos esses cortes?

Minha avó respondeu que trabalhava no campo.

– Mas parecem feitos com a lâmina de uma faca.

– Cortamos muitas coisas. O trabalho no campo é assim.

– Mas por que nos braços e não nas mãos? E eles parecem feitos de propósito, são muito certinhos.

Ela não respondeu e ele pegou sua mão e a beijou, e beijou todos os cortes dos braços e com um dedo percorreu as linhas de seu rosto.

– Linda – repetiu. – Linda.

Então ela também tocou naquele homem que observara durante vários dias de seu lugar na varanda, delicadamente, como se fosse a escultura de um grande artista: os cabelos, a pele macia do pescoço, o pano da camisa, a perna de pau enfiada nos sapatos acabados de engraxar.

Depois o veterano contou a minha avó que sua filha não era dele. Em 1944, ele era prisioneiro dos alemães. A menina, na verdade, devia ser filha de um resistente, com quem a mulher tinha lutado e que morreu em ação. Mas o veterano amava a menina e não quis saber de nada.

Tinha embarcado em 1940, no cruzador *Trieste*. Naufragou duas ou três vezes. Foi feito prisioneiro em 1943, em Marselha, e mandado para o campo de concentração de Inzert até 1944. A perna, ele a tinha ferido durante a retirada no inverno de 1944-1945. Os Aliados só o encontraram quando ele mal conseguia se arrastar, e um médico americano amputou-lhe a perna para salvar sua vida.

Estavam sentados num banco e minha avó pegou a cabeça do veterano e a encostou em seu peito, sobre o seu coração, que batia como louco, desabotoando os primeiros botões da blusa. Ele então acariciou-lhe o seio com os lábios sorridentes.

– Vamos beijar nossos sorrisos? – perguntou-lhe minha avó e então deram um beijo líquido, infinito, e o veterano disse-lhe depois que essa ideia dos sorrisos que se beijam também Dante a teve, no canto

V do *Inferno*, referindo-se a Paolo e Francesca, que se amavam e não podiam se amar.

Tal como o piano do veterano, também a casa de minha avó iria renascer dos escombros: tinham um projeto de construir um palacete no grande vazio deixado pela igreja de San Giorgio e Santa Caterina e pela antiga casa de meu avô. Ela tinha a certeza de que sua casa seria muito bonita, cheia de luz, os quartos com tetos em abóbada, banhados de uma luz laranja suave ao entardecer e de onde se veriam as andorinhas a caminho da África; no andar de baixo, um salão de festas, o jardim de inverno, escadas com corrimão vermelho e uma fonte com chafariz no terraço. A via Manno era a rua mais bonita de Cagliari. Aos domingos, meu avô lhe trazia massas da Confeitaria Tramer e, nos outros dias, quando queria lhe fazer um agrado, comprava polvo no Mercado de Santa Chiara, que minha avó cozia com azeite, sal e salsa. A mulher do veterano, por sua vez, fazia costeletas e *risotto*, mas o melhor continuavam a ser a *trenette al pesto*, receita de massa típica da Ligúria, *la cima*, especialidade genovesa, e a torta *pasqualina*, com espinafre e ovos cozidos.

A casa do veterano em Gênova ficava perto do hospital Gaslini, tinha um jardim com muitas figueiras, hortênsias, violetas e um galinheiro. Ele sempre vivera lá, mas agora a tinha vendido a uma gente boa que lhes dava sempre hospedagem e lhes oferecia ovos frescos e, no verão, tomates e manjericão para levarem para Milão. Era uma casa úmida e velha, mas o jardim era muito bonito, embora as plantas o escondessem. A única coisa preciosa que havia lá dentro era o piano, que herdara da mãe, uma senhora muito, muito rica mas que se apaixonou pelo pai dele, um *camallo*, um estivador, e por isso a família a expulsou e a única coisa que lhe deram, depois de muito tempo, foi o piano. Quando o veterano era criança, sua mãe, sobretudo no verão, depois do jantar, porque em Gênova costuma-se jantar cedo e depois sair, o levava sempre para ver do lado de fora a mansão dos avós, o muro alto ao longo de uma rua inteira até ao portão grande com uma guarita ao lado e a alameda de palmeiras e agaves, e a grama com os canteiros de flores que ia até a grande construção branca, de três andares com terraço de balaustrada de gesso e estuques cor de gelo ao redor das fileiras de janelas, muitas das quais iluminadas. E lá no alto as quatro torres.

Todavia a mãe lhe dizia que nada daquilo lhe interessava, que tinha os seus amores, o marido e o *figeto*, o filho, e abraçava-o com força e, nas noites de verão, em Gênova, havia tantos vaga-lumes que era assim que ele se lembrava da mãe.

Ela morreu quando o veterano ainda nem tinha completado dez anos e seu pai nunca se casou novamente: frequentava as mulheres dos prostíbulos da via Pre e isso sempre lhe bastou, até morrer nos bombardeios, quando ainda trabalhava no porto.

Talvez a filha do veterano não fosse filha do resistente. Talvez fosse filha de um alemão e a mulher não tenha querido lhe dizer para que ele não odiasse a menina por ser filha de um nazista. Talvez ela tivesse tentado se defender. Ou talvez o soldado alemão a tivesse ajudado. O certo era que sua mulher, que trabalhava numa fábrica, em março de 1943, tinha feito greve por pão, paz e liberdade, e nunca lhe perdoara a farda militar, embora todo mundo soubesse que a Marinha Real era fiel ao rei que, por sua vez, apenas tolerava o fascismo. E quanto aos alemães, nem se fala, porque os seus aliados eram os ingleses, mas todos os que embarcaram para a guerra nada tinham do delírio da época: eram gente séria, reservada, com um grande sentido do sacrifício e da honra.

A filha já tinha sotaque milanês, brincava de mamãe com a boneca e também com uma cozinhazinha e xicrinhas de porcelana, e enchia os cadernos com as primeiras letras do alfabeto e também as letras do alfabeto grego. Gostava do mar que surgia de repente, depois de um túnel quando a levavam a Gênova de trem e tinha chorado muito quando, um ano antes, se mudaram para Milão. Ela ficava na sacada e gritava para quem passasse: "Quero minha Gênova de volta!" Se era filha de um alemão, era de um bom alemão.

Minha avó também pensava, embora não entendesse nada de política, que não era possível que todos os alemães que invadiram a Itália fossem pessoas más. E os americanos, que tinham destruído Cagliari, deixando quase que só poeira? O marido, que, esse sim, entendia de política, e lia o jornal todos os dias, e era um comunista muito inteligente, e até tinha organizado a greve dos trabalhadores das salinas, dizia sempre que não havia razão estratégica para terem destruído a cidade daquela maneira. Mas nem todos os pilotos dos B17 deviam ser maus, não acha? Entre eles também devia haver homens bons.

Agora o vazio seria preenchido pela casa da via Manno e pelo piano, e o veterano abraçou minha avó e sussurrou-lhe ao ouvido os sons do contrabaixo, do violino e da flauta. Sabia imitar a orquestra toda. Podia parecer coisa de louco, mas nas longas marchas no meio da neve, ou no campo de concentração, quando tinha de lutar por comida com os cachorros para divertir os alemães, tinham sido esses sons, que sabia de cor, e os poemas que o ajudaram a suportar tudo.

Também lhe disse ao ouvido que alguns estudiosos afirmam que Paolo e Francesca tinham sido assassinados mal foram descobertos, enquanto outros especialistas acreditam que os dois deram prazer um ao outro durante algum tempo, antes de morrerem. É assim que se deve interpretar o verso *E nunca mais foi a leitura adiante.* Também disse que, se minha avó não tivesse tanto medo do inferno, também eles poderiam se amar da mesma maneira. Mas minha avó não tinha medo nenhum do inferno, dava para se ver. Se Deus era realmente Deus, sabendo quanto ela tinha desejado o amor, quanto tinha pedido para saber ao menos o que era, como podia agora mandá-la para o inferno?

E depois, que inferno que nada, se, mesmo já velha, quando pensava nisso, sorria ao se lembrar dela e do veterano e daquele beijo? E se estava triste, se alegrava com aquela fotografia gravada em seu espírito.

8

Quando eu nasci, já minha avó tinha mais de sessenta anos. Eu me lembro que, quando era criança, a achava muito bonita e ficava sempre encantada vendo-a se pentear e fazer aquele penteado à moda antiga, com as tranças de cabelos, que nunca ficaram brancos, nem ralos, que saíam da risca no meio e se enrolavam em dois coques. Ficava toda vaidosa quando ela ia me buscar na escola com aquele sorriso jovem no meio das mães e dos pais das outras crianças, porque os meus, como eram músicos, viviam viajando pelo mundo. Minha avó foi toda minha, pelo menos tanto quanto meu pai foi todo da música e minha mãe, toda de meu pai.

Nenhuma moça gostava de meu pai e minha avó sofria e se sentia culpada porque talvez tivesse transmitido ao filho o mal misterioso que afugentava o amor. Naquele tempo, havia boates onde os jovens iam dançar e se apaixonar ao som dos Beatles, mas meu pai, nada. Por vezes, ensaiava peças para o Conservatório com diversas moças, cantoras, violinistas, flautistas. Todas o queriam para acompanhá-las ao piano nos exames, porque era o melhor pianista, mas, acabado o exame, acabava-se tudo. Um dia, minha avó foi abrir a porta e lá estava minha mãe, ofegante porque na via Manno não há elevador, com a flauta a tiracolo. Tinha um ar tímido, mas seguro, e era bonita, simples, fresca e estava ofegante e, subindo ofegante pelas escadas íngremes, ria por tudo e por nada, alegre, como uma criança, e minha avó chamou meu pai, que estava tocando, trancado no quarto, e lhe disse:

– Chegou! A pessoa que você estava esperando chegou.

Minha mãe também nunca pôde esquecer do dia em que precisavam ensaiar uma peça para piano e flauta e no Conservatório não havia salas livres, e meu pai lhe disse para ir à via Manno. Tudo lhe parecera perfeito, minha avó, meu avô e a casa. Porque ela morava num lugar muito feio na periferia, nuns prédios cinzentos, com a mãe viúva – minha avó Lia –, severa, rígida e obcecada com ordem e limpeza, que encerava o assoalho todos os dias e calçava umas chinelas por cima dos sapatos. Estava sempre vestida de preto e minha mãe tinha de lhe telefonar constantemente para dizer onde estava, mas nunca se queixava por isso, pelo contrário. A única coisa alegre de sua vida era a música, que minha avó Lia não podia suportar e fechava todas as portas para não ouvir a filha enquanto ela estava estudando.

Fazia tempo que minha mãe amava meu pai em silêncio e nele tudo lhe agradava, mesmo o fato de ser desafinado e estar sempre com as camisas do lado do avesso, e nunca se lembrar em que estação do ano estavam, e usar roupas de verão no inverno até ficar com bronquite. Diziam que era meio doido e era por isso que as moças, apesar de ele ser muito bonito, não queriam nada com ele e também porque aquele tipo de loucura não estava na moda naquele tempo e, pensando bem, nem a música clássica, em que era um gênio. No entanto, minha mãe era apaixonada por ele.

Nos primeiros tempos, mantinha-se livre de propósito e nem sequer procurava trabalho, porque essa era a única forma de estar com meu pai: ficar virando as páginas das poucas partituras que ele não sabia de cor, sentada no banco a seu lado, quando viajavam pelo mundo. Na verdade, houve pouquíssimas vezes em que ela não pôde acompanhá-lo, por exemplo, quando eu nasci. No dia do meu nascimento, ele estava em Nova York para o "Concerto em sol para piano e orquestra", de Ravel. Meus avós nem sequer lhe telefonaram, para não emocioná-lo, com medo de que tocasse mal por minha causa. Mal cresci só um pouco, minha mãe comprou um cercadinho, um andador, um cadeirão, um pratinho térmico sobressalente e levou tudo para a via Manno, para poder colocar minhas roupas numa mala às pressas e me entregar para minha avó, e ir logo pegar o avião para encontrar meu pai.

No entanto, na casa de minha avó materna, a dona Lia, ela nunca me deixou, porque eu chorava em desespero, porque não importava o que eu fizesse, um desenho, por exemplo, ou mesmo se cantasse uma cantiga com a letra inventada por mim, ela ficava zangada e dizia que há coisas mais importantes, que temos que pensar nas coisas que são mais importantes. Eu achava que ela odiava a música de meus pais e que odiava os livros de histórias que eu trazia sempre comigo, e tentava perceber o que poderia lhe agradar, mas ela não parecia gostar de nada. Minha mãe dizia que a dona Lia tinha ficado assim porque o marido morreu antes dela nascer e porque minha avó materna tinha brigado com a família, riquíssima, e saíra de Gavoi, sua província natal, porque achava que era um lugar muito feio.

De meu avô quase não me lembro, morreu quando eu ainda era muito pequena, no dia 10 de maio de 1978, dia em que foi aprovada a lei que acabava com os manicômios. Meu pai disse sempre que meu avô era um homem excepcional e que todos o estimavam muito, e que os parentes gostavam muito dele porque tinha salvado minha avó de coisas que era melhor esquecer. Disse também que eu devia ter cuidado com minha avó, não lhe devia dar desgostos, nem agitá-la demais. Havia sempre um véu de mistério sobre ela, ou talvez de compaixão.

Só já adulta é que soube que, antes de conhecer meu avô, naquele maio de 1943, minha avó tinha se jogado num poço e que as irmãs, ao ouvirem o baque do corpo, correram para o pátio e chamaram os vizinhos, conseguindo milagrosamente tirá-la de lá. Uma vez também, minha avó tinha se desfigurado, cortando os cabelos como uma louca, e costumava se cortar nos braços. Eu, no entanto, conheci uma avó diferente, que ria por qualquer coisa, e meu pai também diz a mesma coisa, que também a conheceu calma – menos uma vez –, e que talvez aquelas histórias fossem apenas boatos. Mas eu sei que é tudo verdade. Aliás, minha avó sempre dizia que sua vida se dividia em duas partes: antes e depois da ida para o tratamento nas termas, como se a água que a tinha feito expelir os cálculos renais tivesse sido milagrosa em todos os sentidos.

9

Nove meses depois do tratamento nas termas, em 1951, meu pai nasceu e quando o filho tinha apenas sete anos, ela foi trabalhar na casa de duas solteironas, dona Doloretta e dona Fanní, na avenida Luigi Merello, escondido de meu avô e de todo mundo, porque queria que o filho aprendesse a tocar piano. As duas senhoras tinham pena dela e achavam que aquela história da música era um disparate:

– *Narami tui chi no è macca una chi podia biviri beni e faidi sa zeracca poita su fillu depidi sonai su piano,* uma mulher que poderia viver bem e trabalha na casa dos outros porque o filho tem de aprender a tocar piano é ou não é louca?

Mas gostaram tanto dela que até conseguiu um horário de trabalho especial: entrava depois de ter levado meu pai para a escola Sebastiano Satta e saía mais cedo para ir buscá-lo e fazer as compras, e quando os escritórios e as escolas estavam de férias, ela também estava. Meu avô deve ter se perguntado por que seria que ela sempre fazia o trabalho de casa à tarde, quando tinha as manhãs livres, mas nunca lhe perguntou nada nem a repreendeu se encontrava alguma coisa fora do lugar ou se o almoço não estava pronto. Devia pensar que a mulher passava as manhãs ouvindo música, porque agora que tinham uma situação econômica melhor, ela estava com essa mania de música, Chopin, Debussy, Beethoven, e ficava ouvindo ópera e chorava com *Madame Butterfly* e com *La Traviata.* Ou então, talvez, ela fosse de bonde até o Poetto para ver o mar, ou tomar café com as amigas, dona Doloretta e dona Fanní. Minha avó, depois de levar meu pai até a via Angioy, subia correndo a Don Bosco até a avenida Merello, com todas aquelas mansões com palmeiras e terraços com balaustradas de gesso, e jardins com lagos e peixes e fontes com anjos.

E as duas senhoras estavam à sua espera para tomarem café e lhe serviam numa bandeja de prata, antes de ela começar a trabalhar, porque minha avó era uma verdadeira senhora. Falavam dos homens de suas vidas, do noivo de dona Fanní, membro da Brigada Sassari, que tinha sido morto em Vittorio Veneto, o que a deixava sempre triste quando todos festejavam a vitória de 24 de outubro. E minha avó também falava, não, claro, do veterano ou da loucura, ou de como tinha aprendido a fazer o que as mulheres dos prostíbulos fazem, mas dos noivos que fugiam e de meu avô, que, esse sim, a amou desde o início e se casou com ela, e as duas senhoras olhavam para minha avó constrangidas, como se quisessem dizer que até um cego podia ver que meu avô se casara com ela para pagar a dívida que tinha com a família. Mas ficavam caladas e talvez pensassem que minha avó era uma mulher muito estranha, que não se dava conta de nada, certamente devido à *su macchiòri de sa musica e de su piano*, à loucura da música e do piano, que para elas devia ser mesmo o cúmulo da loucura.

Dona Doloretta e dona Fanní tinham um piano que nunca tocavam. Elas o cobriam com panos de renda e colocavam, em cima dele, objetos variados, jarras de flores, por exemplo, e minha avó parecia acariciá-lo antes de limpá-lo e puxar-lhe o brilho com o bafo e com o trapo que comprara de propósito. Um dia, as senhoras lhe fizeram uma proposta: tinham o costume de ter empregados, mas não podiam mais continuar a pagar pelos serviços de minha avó; as três mulheres, então, chegaram a um acordo quanto ao preço do piano, e ficou decidido que minha avó pagaria por ele fazendo as tarefas domésticas, e diria ao marido que tinha sido um presente das amigas. Juntaram ao preço a luminária do teclado, mas que minha avó teve que vendê-la em seguida, para poder pagar o transporte da avenida Merello até a via Manno e também a afinação do instrumento.

No dia em que o piano foi levado para a via Manno, ela estava tão feliz que fez o trajeto entre a avenida Merello e a via Manno correndo, para chegar antes da caminhonete, e recitando de cor o primeiro verso de um poema que o veterano tinha escrito para ela, apressadamente, sem pontos nem vírgulas: *Deixaste um sinal sutil na vida que rasteja Deixaste um sinal sutil na vida que rasteja Deixaste um sinal sutil na vida que rasteja.* Colocaram o piano na sala grande e cheia de luz que dava para o porto. E meu pai tocava muito bem.

Ele toca muito bem mesmo, até apareceu nos jornais várias vezes. Dizem que é o único sardo que conseguiu ter êxito na música e que em Paris, Londres e Nova York lhe estendem o tapete vermelho nas salas de concerto. Meu avô tinha um álbum de couro verde-garrafa só para as fotografias e os recortes de jornal dos concertos do filho.

Meu pai me contou tudo sobre meu avô.
Ele gostava muito da mãe, mas ela era estranha, e quando fazia perguntas sobre como tinham ido as coisas, meu pai respondia:
– Normal, mãe. Tudo normal.
Então minha avó lhe dizia que as coisas não podiam ser normais, que deviam ser forçosamente

de uma forma ou de outra, e ficava doente com isso, e tinha ciúmes quando, com os três sentados à mesa, na presença de meu avô, as coisas do mundo adquiriam uma forma ou outra. Agora que a mãe já morreu, meu pai não se perdoa por isso, mas nunca lembrava de nada para falar. Minha avó só foi uma vez a um de seus concertos, quando ele ainda era criança, mas tinha saído da sala de tanta emoção. E meu avô, que a protegia sempre, mesmo que não soubesse bem o que dizer nem fosse carinhoso, não tinha ido atrás dela. Ficou se deliciando com o concerto do filho, feliz da vida.

Meu pai está contente porque as coisas para mim foram mais fáceis. Melhor. Melhor assim. Afinal de contas, foi minha avó quem me criou. Afinal de contas, sempre passei mais tempo na via Manno do que em minha casa, e quando meu pai e minha mãe voltavam de viagem, eu nem queria ficar com eles. Quando criança, eu fazia uma manha danada, gritava e me escondia debaixo da cama, ou então me fechava à chave num quarto, e para sair de lá tinham de jurar que me deixariam ficar com minha avó. Um dia, até me escondi num vaso grande de flores, vazio, e colei alguns galhos no cabelo. E no dia seguinte, a história era a mesma. Eu me recusava a levar para minha casa as bonecas e os outros brinquedos. Depois, mais crescida, eram os livros. Dizia que tinham de ficar na casa de minha avó para eu estudar porque era muito pesado ficar levando os livros de um lado para o outro, principalmente os dicionários. Ou então, se convidava alguns amigos para ficarem comigo, preferia que fossem para casa de minha avó porque havia o terraço. Enfim. Talvez eu tenha gostado dela como devia. Com todo aquele drama, o choro, a confusão e os ataques de felicidade. Quando eu voltava das viagens de férias, ela já estava na rua, à minha espera, e eu corria ao seu encontro e nos abraçávamos e chorávamos de emoção como se eu estivesse na guerra e não me divertindo.

Depois dos concertos de meu pai, como minha avó nunca ia a nenhum deles, pegava o primeiro telefone que encontrasse em várias cidades do mundo e lhe descrevia tudo, nos mínimos detalhes, e até cantava um ou outro trecho de música, e lhe contava como tinham sido os aplausos e que sensações a execução da música tinha provocado em mim. Ou então, se o concerto era na nossa cidade, perto de casa, corria logo à via Manno e minha avó se sentava e me ouvia de olhos fechados, e sorria e batia o compasso da música com os pés dentro dos chinelos.

Dona Lia, ao contrário, não gostava nada dos concertos do meu pai e dizia que o genro não tinha um trabalho sério, que o sucesso podia terminar de um momento para o outro, e que poderia acabar pedindo esmolas, junto comigo e com minha mãe, não fossem os pais, claro, mas enquanto fossem vivos. Ela sabia o que significava se virar sozinha e não pedir ajuda de ninguém. Ela, infelizmente, sabia o que era a vida de verdade. Meu pai não lhe queria mal, ou talvez até não reparasse no desprezo da sogra, que nunca lhe dava os parabéns e jogava regularmente no lixo os jornais que falavam dele ou então os usava para limpar os vidros ou para pôr debaixo dos pés dos operários quando havia obras em casa.

Meu pai sempre teve a música e não se importou nada com as coisas deste mundo.

10

Minha avó contou ao veterano sobre os namorados que fugiam, sobre o poço, sobre os cabelos de doida varrida, sobre as cicatrizes nos braços e sobre como fazia o que as mulheres dos prostíbulos faziam na primeira noite em que passaram juntos, correndo o risco de irem para o inferno. E minha avó dizia que tinha contado tudo isso apenas duas vezes em toda sua vida: com ele e comigo. Era o homem mais magro e mais bonito que alguma vez já vira, e o amor com ele era mais intenso e demorado. Porque, antes de a penetrar sempre várias vezes, o veterano a fazia se despir lentamente e se detinha em carícias em cada parte do seu corpo, e sorria, dizendo que ela era bonita e como queria ser ele a lhe tirar os grampos do cabelo, e enterrar as mãos, como fazem as crianças, naquela nuvem negra de cachos, e lhe desabotoar o vestido, e ficar a olhar para ela, nua, deitada na cama, admirando-lhe os seios grandes e rijos, a pele branca e macia, as pernas longas, enquanto continuava a acariciá-la e a beijá-la em lugares onde nunca tinha sido beijada. Ele a fazia quase desmaiar de prazer.

Depois minha avó também o despia e encostava delicadamente a perna de pau aos pés da cama, e beijava e acariciava demoradamente o coto. E em seu íntimo agradecia pela primeira vez a Deus por tê-la poupado, por tê-la tirado do poço, por ter lhe dado seios rijos e cabelos bonitos e até, ou melhor, acima de tudo, os cálculos renais. Ele lhe dizia que ela era maravilhosa e que nunca tinha encontrado uma mulher assim, em nenhum prostíbulo, fosse por que dinheiro fosse. Então, minha avó, vaidosa, lhe contava tudo o que sabia fazer: a presa, quando o homem captura a mulher, nua, com uma rede de pescador e a penetra através dela, e lhe toca em todas as partes do corpo, sentindo suas formas por dentro; a escrava, quando ele a obriga a lhe dar banho e a acariciá-lo dentro da banheira, e ela está com os seios à mostra e os estende para que ele os morda e lamba, mas sem olhá-lo nos olhos; a gueixa, quando ele simplesmente lhe pede para contar histórias que o distraiam dos problemas do dia a dia, e ela está toda vestida e parece que não vão fazer amor; o almoço, quando ela se deita nua, e o homem coloca comida em cima dela como se fosse uma mesa posta, e espalha geleia, ensopado ou creme por seus seios, e também coloca pedaços de fruta nos lugares mais íntimos, e depois a come toda; a mocinha, quando ele lhe dá banho na banheira com muita espuma e lava seu corpo todo e ela, em agradecimento, chupa seu pau; a musa, quando ele a fotografa nas posições mais obscenas, de pernas abertas, se masturbando e apertando os mamilos dos seios; a cadela, quando ela, só de cinta-liga, leva o jornal para ele na boca, e ele lhe acaricia o sexo por trás, ou puxa-lhe os cabelos e as orelhas e lhe diz "Cadela bonita"; a empregada, quando ela leva o café na cama para o homem, de uniforme mas mostrando quase totalmente os seios, que ele os chupa com sofreguidão, e depois pede que ela suba na escadinha para limpar o armário e vê que ela está sem calcinha; a preguiçosa, quando ele a amarra na cama para ser castigada com o chicote, mas meu avô nunca a machucava. Minha avó sempre fazia tudo com muita dedicação e, depois de cada sessão, o marido lhe dizia quanto isso teria custado nos prostíbulo e guardavam essa quantia para reconstruírem a casa da via Manno, e minha avó queria que uma pequena parte fosse sempre destinada ao tabaco para o cachimbo. No entanto, tinham continuado a dormir cada um do seu lado da cama e talvez tenha sido por isso que minha avó nunca iria esquecer a emoção que sentiu naquelas noites nas termas, com a cabeça deitada no braço do veterano, que lhe acariciava os cabelos. O veterano disse que, na sua opinião, o marido dela era realmente um homem de sorte e não um desgraçado, como ela dizia, a quem coubera ficar com uma pobre louca. O veterano dizia que ela não era louca coisíssima nenhuma; era uma criatura feita por Deus num momento em que Ele não queria fazer uma mulher, dessas feitas em série, e a criara num instante raro de inspiração. Minha avó ria com vontade e dizia que ele também era louco, e que era por isso que não reparava na loucura dos outros.

Numa daquelas noites, o veterano disse a minha avó que seu pai não tinha morrido durante um dos bombardeios a Gênova, mas, sim, torturado pela Gestapo. Jogaram o corpo na rua, desfigurado pelos maus-tratos violentos, na porta da Casa do Estudante. O pobre homem, porém, não tinha revelado o paradeiro da nora e dos resistentes que telegrafavam de sua casa para os Aliados. Preferiu ficar em casa para que aqueles que o vigiavam, pois tinha sido denunciado, achassem tudo normal e os outros pudessem fugir para os montes Apeninos. Ao se despedir da nora, disse que queria que o filho voltasse e formasse uma família com a mulher, e depois ficou à espera da Gestapo. A filha dos dois nasceu nas montanhas. Mas isso talvez não fosse verdade: ele sentia que ela era filha de um alemão. Não conseguia imaginar a mulher apaixonada por outro homem, portanto o pai da filha devia ser um monstro que a tinha possuído à força, certamente quando ela tentava salvar o sogro. Nunca mais conseguiu tocar na mulher, então os dois não tinham filhos. Passou também a frequentar os prostíbulos. O veterano desatou a chorar muito envergonhado porque, quando criança, lhe ensinaram a nunca mostrar sua dor. Então minha avó também começou a chorar, dizendo que a ela, ao contrário, ensinaram a não mostrar nunca a alegria e talvez até tivessem razão, porque a única coisa em que tinha se saído bem na vida, no casamento com meu avô, sempre lhe foi completamente indiferente e nunca tinha entendido direito por que é que todos aqueles outros pretendentes fugiam, mas, afinal, o que nós sabemos realmente dos outros, o que sabia o veterano.

Uma vez, porque minha avó e meu avô não se entendiam muito bem, ela conseguiu reunir coragem e, com o coração que parecia querer sair pela boca, de tão forte que batia, perguntou a ele se, depois de a conhecer melhor, não que conhecê-la melhor fosse lá grande coisa, não, senhor, mas, enfim, depois de ter vivido com ela durante todos aqueles anos e já não tendo necessidade de ir ao prostíbulo, se gostava dela. E meu avô esboçou uma espécie de sorriso e, sem olhar para ela, lhe deu uma palmada no traseiro sem sequer pensar em lhe responder. Outra vez, durante uma sessão que não podia descrever ao veterano, meu avô declarara que ela tinha a bunda mais bonita que ele já tinha comido em toda sua vida. Enfim, o que nós podemos realmente saber dos que nos são mais próximos?

II

Em 1963, minha avó foi com o marido e meu pai visitar a irmã e o cunhado que haviam ido para Milão.

Anos antes tinham vendido a casa na aldeia para levantarem dinheiro e meus avós até desistiram da parte deles, mas, mesmo assim, três famílias camponesas não conseguiam viver duma propriedade que não chegava aos vinte hectares. A reforma agrária tinha sido tímida e o plano de reconstrução era confuso, porque se baseava nas indústrias químicas e siderúrgicas, como dizia meu avô, instaladas, como no Continente, com fundos públicos, quando, ao contrário, o futuro da Sardenha residia nas indústrias manufatureiras, que utilizariam os recursos já existentes. Às outras duas irmãs, que viviam da terra, lhes convinha, no fundo, que uma se fosse embora. Minha avó sofreu muito e nem foi a San Gavino ver a irmã mais nova, o cunhado e os filhos tomarem o trem para Porto Torres. E também sofrera por causa da casa. Os novos donos tinham substituído o portal, que tinha um arco em cima, por um portão de ferro. A galeria, depois de terem demolido o muro baixo que a separava do pátio e as pilastras de madeira, foi fechada com uma vidraça com molduras de alumínio. O primeiro andar, muito baixo, que se debruçava para o telhado da galeria, onde antes ficava o celeiro, passou a ser uma mansarda como aquelas que se veem nos cartões-postais dos Alpes. O estábulo e o celeiro foram transformados em garagens para os automóveis. Os canteiros, reduzidos a um contorno estreito encostado ao muro.

O poço, tapado com cimento. O telhado de telhas, por cima do celeiro, transformado em mansarda, fora substituído por um terraço com parapeito de tijolos perfurados. Os ladrilhos de tijolo de várias cores, que faziam no assoalho desenhos parecidos com os dos caleidoscópios, acabaram cobertos com arenito. E os móveis eram muitos para o espaço de um cômodo que as irmãs foram ocupar na casa da família dos maridos e ninguém os queria, de tão velhos e tão volumosos, de uma época que queriam esquecer. Minha avó foi a única que levou os móveis do seu quarto de recém-casada, para ter um quarto igualzinho na via Giuseppe Manno.

Quando fizeram a viagem para Milão, já sabia que tinham ficado ricos, porque a irmã lhe escrevia para dizer que *Milàn l'è il gran Milàn*, Milão é muito grande, e lá havia trabalho para todo mundo e, aos sábados, iam fazer compras no supermercado e enchiam os carrinhos com comida pronta e aquela ideia, que sempre tinham tido, de fazer economia, de cortar não mais do que o número exato de fatias de pão, de virar pelo avesso sobretudos, casacos e ternos, de desfazer as camisolas para aproveitarem a lã, de mandar pôr mil e uma vezes solas nos sapatos, tudo isso tinha acabado. Em Milão, iam às lojas de departamento e compravam roupa nova. O que não lhe agradava era o clima, a cidade era muito poluída e ao ar enegrecia as mangas e os colarinhos das camisas e os babadores das crianças. Tinha de lavar tudo sempre, mas em Milão havia muita água todos os dias, e não apenas em dias alternados, como na Sardenha, e podiam deixar as torneiras abertas sem preocupação de se lavarem primeiro e depois lavarem a roupa com a água que sobrasse, e depois jogarem a água suja no vaso sanitário. Em Milão, lavar as coisas e se lavar era uma diversão. E a irmã também não tinha muito que fazer, depois do trabalho da casa, que era feito muito rápido porque as casas eram pequenas, porque naquele espaço tinha de haver milhões de habitantes, não era como na Sardenha, onde havia aquelas casas enormes que não serviam para nada. Enfim depois de terminadas as tarefas domésticas, a irmã ia dar uma volta pela cidade para ver as lojas e comprar, comprar, comprar.

*

Meus avós não sabiam o que levar para os parentes ricos de Milão. Afinal, eles não precisavam de nada. Então minha avó sugeriu um presente poético, de saudade, porque é certo que comiam e se vestiam bem, mas a salsicha sarda, uma bela peça de *pecorino,* o azeite e o vinho da Marmilla, presunto, cardos em conserva e suéteres para as crianças feitos à mão por minha avó sempre exalariam um pouco do perfume de casa.

Puseram-se a caminho sem avisar ninguém. Seria uma surpresa. Meu avô mandou vir um mapa de Milão e estudou bem as ruas e os itinerários para verem as coisas mais bonitas da cidade.

Os três vestiam roupas novas para não fazerem má figura. Minha avó comprou cremes da Elisabeth Arden, porque já andava pelos cinquenta e queria que o veterano, o coração lhe dizia que se encontrariam, a achasse ainda bela. Mas não estava muito preocupada com isso. Todo mundo sabia que um homem de cinquenta anos nunca olharia para uma mulher da mesma idade, mas isso valia para as coisas do mundo.

Não para o amor. O amor não dá importância à idade nem a qualquer outra coisa que não seja o amor. E o amor que o veterano tinha por ela era desse tipo. Provavelmente a reconheceria logo, independente do aspecto de seu rosto. Não se abraçariam diante de meu avô e de meu pai, ou da mulher e da filha do veterano. Apertariam as mãos apenas e se olhariam, se olhariam, se olhariam, sentindo-se morrer. No entanto, se ela saísse sozinha e o encontrasse sozinho, então sim, se beijariam e se abraçariam para recuperarem todos aqueles anos. E se ele lhe pedisse, ela nunca mais voltaria para casa. Porque o amor é mais importante do que todas as outras coisas.

Minha avó nunca tinha estado no Continente, a não ser naquele lugarejo das termas e, apesar do que a irmã tinha lhe dito, pensava que, em Milão, se encontrariam tão facilmente como em Cagliari, e estava emocionadíssima porque logo veria seu veterano numa das ruas. Mas Milão era enorme, muito alta – com aqueles prédios maciços, suntuosamente decorados –, belíssima, cinzenta, enevoada, com muito trânsito e nesgas de céu por entre os ramos pelados das árvores, muitas luzes de lojas e faróis de automóveis e sinais, e o ranger dos trilhos dos bondes, e pessoas com a cara enfiada na gola do sobretudo. Mal desceu do trem, na estação Central, ficou muito atenta a todos os homens para ver se algum deles era o seu, alto, magro, rosto terno, mal barbeado, com o casaco impermeável muito largo e as muletas, e havia muitos homens que subiam e desciam daqueles trens que iam para todo lado, Paris, Viena, Roma, Nápoles, Veneza, e era impressionante como o mundo era grande e rico, mas ele não estava ali.

Por fim, encontraram a rua e o prédio da irmã, que esperavam que fosse moderno, uma espécie de arranha-céu, mas que era antigo. Minha avó o achou muito bonito, embora a fachada estivesse em mau estado e nos estuques em redor das janelas faltassem as cabeças de alguns anjos e ramos de flores, e nas venezianas, as ripas e, nas sacadas, pedaços da balaustrada tivessem sido substituídos por tábuas de madeira, e muitos vidros das janelas por papelão. A porta estava toda rabiscada e papéis com os sobrenomes dos moradores não estavam nas plaquinhas de vidro, mas presos perto da única campainha que havia. No entanto, estavam certos de que tinham chegado, já que há um ano as cartas que chegavam e partiam tinham aquele endereço de Milão. Tocaram e uma senhora se debruçou da sacada do andar principal. Disse que àquela hora os *sardignoli*, os sardos, não estavam, mas que podiam entrar e subir, e perguntar aos outros *terún*, aos outros meridionais. E eles quem eram? Estavam à procura de uma empregada? As *sardignole* eram de confiança.

Os três entraram. Estava escuro e cheirava a mofo, a urina e fezes e a couve. A escada devia ter sido muito bonita, porque no meio havia um vão enorme, mas os bombardeios da última guerra deviam tê-la danificado, porque muitos degraus estavam perigosos. Meu avô foi na frente, mantendo-se colado à parede e depois disse a meu pai para subir também, lhe dando a mão, e disse à minha avó para pôr os pés exatamente onde ele tinha posto os seus. Subiram até o telhado. Mas não havia apartamentos lá. Havia uma porta aberta que dava para um corredor muito comprido e escuro, e dos dois lados da escada havia muitas portas de sótãos. Nessas portas estavam pregados papéis com sobrenomes e numa delas estava o do cunhado também, ao fundo. Bateram à porta, mas ninguém veio abrir, e apareceram pessoas no corredor e quando eles disseram quem procuravam e quem eram, as pessoas fizeram uma festa e os convidaram a entrar no seu sótão e a ficarem lá esperando. O cunhado estava fora com a carrocinha de bugigangas, a irmã estava trabalhando, e as crianças passavam o dia com as freiras. Eles os fizeram sentar numa cama de casal, debaixo da única janela por onde se via uma nesga de céu cinzento e meu pai quis ir ao banheiro, mas meu avô olhou para ele com uma cara feia porque se via logo que ali não havia banheiro.

Talvez o melhor mesmo fosse saírem logo dali. Só podiam deixar aqueles pobres coitados com uma vergonha infinita. Mas já era tarde. Aqueles vizinhos afetuosos e simpáticos, também eles *terroni*, do Sul, já estavam cobrindo-os de perguntas e fugir teria sido sinal de desprezo, somado à ofensa por estarem ali.

Por isso, esperaram e o único que estava realmente triste era meu avô. Meu pai até estava entusiasmado porque em Milão encontraria partituras que em Cagliari precisava encomendar e aguardar durante meses para que chegassem, e minha avó não se importava com nada a não ser com a possibilidade de encontrar o veterano e esperava por esse momento desde aquele outono de 1950. Perguntou logo à irmã onde ficavam os bairros populares, disse-lhe que estava curiosa porque tinha ouvido falar sobre eles e então a irmã indicou-lhe a região com a maior concentração desses bairros, e ela deixou meu avô ir com meu pai visitar o teatro alla Scala, a catedral, a galeria Vittorio Emanuele, o castelo dos Sforza e comprar as partituras que não se encontravam em Cagliari. Dava para ver que meu avô tinha ficado contrariado, mas não disse nada, como sempre, e não a impediu de ir de forma alguma. Ao contrário, de manhã, mostrou-lhe no mapa as ruas por onde ela devia passar para visitar aquelas áreas que tanta curiosidade lhe despertavam e disse-lhe que bonde devia tomar, e lhe deu fichas e os telefones úteis e dinheiro, para o caso de ela se perder. Bastava não ficar nervosa e chamar um táxi de uma cabine telefônica, que voltaria tranquilamente para casa. Minha avó não era insensível, nem estúpida, nem má, e percebia perfeitamente que aquilo que estava fazendo deixava meu avô triste. E isso ela não queria por nada deste mundo. Por nada deste mundo, mas pelo seu amor, sim. Por isso, com o coração apertado, foi procurar a casa do veterano. Tinha certeza de que a encontraria, uma construção alta e imponente, com sacadas de pedra trabalhada, um portão grande e uma galeria que davam para um pátio enorme, para o qual se debruçavam andares e andares de sacadas estreitas com balaustrada. O veterano vivia no mezanino, a que se chegava pela porta ao fim de uma escada de três ou quatro degraus onde sua filha ficava lhe esperando, estivesse o tempo que estivesse, as janelas com grades, dois grandes cômodos pintados de branco onde não havia nada do passado. Minha avó, com o coração em alvoroço como se fosse uma delinquente, entrou num café e pediu uma lista telefônica e procurou o sobrenome do veterano mas, embora ele fosse genovês, havia páginas e páginas com o mesmo sobrenome e a única esperança era ter sorte e o bairro ser aquele e o prédio ser aquele. Havia muitos assim em muitas ruas muito compridas e minha avó também olhava para o interior das lojas, que eram ricas e as dos alimentos pareciam o Vaghi da via Bayle de Cagliari, mas eram muitas, muitas e estavam apinhadas e talvez o veterano, voltando do trabalho, fizesse compras e talvez o visse na sua frente, bonito, com o impermeável largo demais, a lhe sorrir e a lhe dizer que também não a tinha esquecido e que o seu coração a esperava.

Já meu pai, os primos e meu avô foram de mãos dadas para o centro, no meio do nevoeiro cada vez mais denso e se sentaram a uma mesa para comerem na chocolataria Motta, meu avô ofereceu chocolate ao filho e aos sobrinhos e depois os levou às melhores lojas de brinquedos onde comprou Lego e aviões que levantavam voo e até uma mesa de totó para jogarem em casa, e depois foram visitar a catedral e tomar sorvete de nata na Galleria, e meu pai ainda fala da viagem a Milão como uma coisa que teria sido muito boa, se não tivesse sentido a falta do seu piano. Se minha avó tivesse encontrado o veterano, teria fugido com ele, do jeito que estava, levando apenas o que tinha vestido, o casaco novo, os cabelos no gorro de lã e a bolsa e os sapatos comprados de propósito para estar elegante quando o encontrasse.

E a meu pai e a meu avô restaria apenas se conformarem, embora ela os amasse e fosse sentir muito a falta deles. Consolava-se com a ideia de que os dois eram agora um só e sempre conversavam animadamente, quando saíam e à mesa, enquanto ela lavava a louça, e desde pequeno, meu pai só queria que o pai o colocasse na cama e lhe contasse uma história para dormir. Sentiria falta também de Cagliari, de suas ruas estreitas e escuras, que inesperadamente se abriam para um mar de luz; das flores, que tinha plantado e que iriam inundar de cor a sacada da via Manno; da roupa estendida ao vento de nordeste. Sentiria falta da praia do Poetto, longo deserto de dunas brancas sobre a água límpida que, por mais que se andasse, nunca era funda e havia cardumes de peixes nadando entre nossas pernas; dos verões na barraca de listras brancas e azuis, dos pratos de *malloreddus*, o nhoque da Sardenha, cheio de molho com salsicha, depois do banho. Sentiria falta da sua aldeia cheirando a lenha, a leitões e cordeiros, e ao incenso da igreja quando iam às freiras para as festas. Mas depois o nevoeiro se tornara cada vez mais denso e os andares mais altos dos prédios pareciam envoltos em nuvens e as pessoas esbarravam neles porque não passavam de sombras.

Nos dias seguintes, pelas ruas de Milão ainda envoltas em nevoeiro, meu avô pegava no braço de minha avó e do outro lado agarrava meu pai pelos ombros, que, por sua vez, dava a mão aos primos que eram menores, porque assim, todos juntos, não se perderiam e poderiam se deliciar com as coisas que estavam mais perto e paciência para aquelas que o nevoeiro tornava invisíveis. Nesses últimos dias, desde que minha avó desistira de procurar a casa do veterano, meu avô parecia sentir uma estranha alegria e passava o tempo contando piadas e todos à mesa riam, e o sótão já não parecia tão miserável e acanhado. Durante esses passeios, todos muito juntos, se minha avó não sentisse aquela falta pungente do veterano que quase a impedia de respirar, também teria se divertido com as piadas de meu avô.

Num desses dias, ele decidiu que tinha que comprar para ela um vestido que fosse realmente bonito e digno de uma viagem a Milão e também disse uma coisa que nunca tinha dito antes:

– Quero que você compre uma coisa bonita. Muito bonita.

E por isso paravam em todas as vitrines mais elegantes e meu pai e os primos resmungavam sempre porque era muito desinteressante ficarem esperando que minha avó provasse um vestido atrás do outro na frente do espelho, com aquele ar distraído.

As possibilidades de encontrar o veterano naquela Milão imersa em nevoeiro iam se tornando cada vez menores e minha avó não se importava em nada com o vestido, mas o compraram assim mesmo, com bordados de caxemira em cores pastel, e meu avô quis que, na loja, ela desfizesse o coque para ver como ficavam todas aquelas luas e estrelas azuis e cor-de-rosa na nuvem de cabelos negros, e ficou tão contente que todos os dias queria que minha avó vestisse o vestido novo por baixo do sobretudo e, antes de saírem, a fazia rodopiar sobre si mesma e lhe dizia "Lindíssimo", mas parecia querer dizer "Lindíssima".

E isso foi também uma coisa que minha avó nunca perdoou a si mesma. Não ter sabido compreender aquelas palavras e se sentir feliz com elas.

Na hora das despedidas, ela soluçava com o rosto apoiado na mala e não era pela irmã, pelo cunhado ou pelos sobrinhos, mas porque, se o destino não quis que ela encontrasse o veterano, isso significava que ele tinha morrido. Lembrou-se de que, naquele outono de 1950, pensou que ele já estivesse no além pois era tão magro, com aquele pescoço fino, a perna mutilada, a pele e as mãos de menino apesar da guerra, do campo de concentração e dos naufrágios e de o pai de sua filha talvez ser um nazista. Agora sentia que ele tinha morrido. Se não fosse isso, já a teria procurado, sabia onde ela morava, e Cagliari não é Milão. Realmente, o veterano podia já não existir mais e era por isso que chorava tanto. Meu avô a levantou e a fez sentar na única cama por baixo da janelinha do sótão. Consolaram-na. Colocaram em sua mão um cálice de licor para o brinde de despedida, e a irmã e o cunhado disseram que se encontrariam em dias melhores, mas meu avô não quis brindar aos dias melhores, mas sim àquela viagem em que tinham estado todos juntos e tinham comido bem e dado umas boas gargalhadas.

Então minha avó, com aquele cálice na mão, pensou que talvez o veterano estivesse vivo, afinal se tinha conseguido sobreviver a tantas dificuldades, porque não conseguiria também sobreviver na vida cotidiana? E também pensou que ainda tinham uma hora, e todo o trajeto do bonde até a estação de trens, e o nevoeiro começava a se dissipar. No entanto, ao chegarem à estação Central, já faltava pouco para a partida do trem para Gênova, onde pegariam o barco e depois de novo o trem e recomeçaria aquela vida em que de manhã regaria as flores da sacada e depois faria o café da manhã e depois o almoço e o jantar, e depois perguntaria ao marido e ao filho como foi o dia e eles responderiam "Normal, tudo normal, fique tranquila", e nunca lhe contariam as coisas, como o veterano fazia, e nunca o marido lhe diria que ela era única, aquela por quem sempre esperou e que, naquele maio de 1943, a sua vida tinha mudado para sempre. Nunca lhe diria isso, apesar do que sabia fazer na cama, e cada vez melhor, e de todas as noites em que dormiram juntos. Então, agora, se Deus não queria ajudá-la a encontrar o veterano, que a matasse. A estação estava suja, cheia de papéis e de escarros no chão. Enquanto estava sentada esperando que o marido e o filho comprassem os bilhetes, porque o meu pai nunca escolhia ficar com ela e por isso preferira estar na fila com meu avô, viu um chiclete grudado no assento e sentiu o cheiro do banheiro e um nojo infinito de Milão, que lhe pareceu feia como o mundo inteiro.

Foi atrás de meu avô e de meu pai, que conversavam na escada rolante que levava até a plataforma dos trens, e pensou que se fosse embora os dois nem sequer repariam. Agora já não havia nevoeiro. Continuaria procurando o veterano por todas as ruas imundas do mundo, mesmo com o frio do inverno que estava se aproximando, e até pediria esmola e dormiria nos bancos, e talvez morresse de pneumonia ou de fome, melhor assim.

Então deixou as malas e os embrulhos nos degraus da escada e desceu correndo, esbarrando nas pessoas que subiam, dizendo "Com licença! Com licença!", mas, quase no fim, tropeçou na escada, e prendeu um de seus sapatos e um pedaço do sobretudo na escada, e rasgou o vestido novo e as meias, e deixou cair o gorro de lã. Tinha a pele das mãos e das pernas esfolada e tinha arranhões pelo corpo todo. Dois braços a ajudaram a se levantar. Meu avô tinha voltado correndo e a segurava e a acariciava como teria feito com uma criança:

– Não foi nada – disse ele. – Não foi nada.

*

Depois de voltar para casa, começou a lavar todas as coisas sujas da viagem: camisas, vestidos, calcinhas, ceroulas, tinham comprado tudo novo para irem a Milão. Agora viviam bem e minha avó tinha uma máquina de lavar roupa Candy com duas programações, uma para as roupas resistentes e outra para as delicadas. Separou tudo: o que era lavado com água quente e o que era lavado com água fria. Mas devia estar pensando em outra coisa, sabe-se lá, e estragou a roupa toda. Meu pai me contou que ela abraçava os dois, ele e meu avô, por entre lágrimas e soluços e ia buscar as facas na cozinha e as colocava em suas mãos para que a matassem e arranhava o rosto e batia com a cabeça na parede e se atirava no chão.

Depois meu pai ouviu meu avô telefonar para as tias dizendo que a mãe, em Milão, não tinha aguentado ver a irmã mais nova naquele estado, porque na Sardenha os pequenos proprietários de terras eram humildes, mas viviam com dignidade. Mas, com o fracasso da reforma agrária, muitos ficaram arruinados e tiveram que emigrar, as mulheres indo trabalhar como empregadas e os homens, respirar os venenos das fábricas, sem nenhuma proteção e, principalmente, sem nenhum respeito. Na escola, os filhos tinham vergonha dos sobrenomes sardos que carregavam.

Ele não suspeitou do que estava acontecendo, porque a irmã e o cunhado escreviam dizendo que viviam bem e minha avó e meu avô tinham pensado em lhes fazer uma surpresa indo visitá-los, mas só os tinham envergonhado, as crianças se atracaram às salsichas e ao presunto como se já não comessem havia sabe-se lá quanto tempo. O cunhado, quando ele cortou o queijo e abriu a garrafa de vinho, tinha ficado emocionado e lhe disse que não podia esquecer de que, na época da partilha dos bens, meu avô não quis a sua parte, mas infelizmente isso não tinha servido de nada, e eles acharam que naquelas terras não podiam viver, mas quem tinha razão foram os que ficaram. Minha avó, daquele jeito que as irmãs bem conheciam, não aguentou tudo isso e também saber que o presidente Kennedy tinha sido morto em Dallas, e estragou toda a roupa que tinha custado o salário de um mês para comprar. Mas ele não se importava, o dinheiro vai e vem, só que não havia meio de acalmá-la e o filho estava apavorado. Que fossem a Cagliari, por favor, imediatamente, no primeiro ônibus.

*

No entanto, para meus tios-avós e para meus primos, a situação foi melhorando. Deixaram o sótão e se mudaram para Cinisello Balsamo e meu pai, que ia sempre visitá-los nas suas viagens como músico, dizia que viviam num cortiço de imigrantes, mas que tinham banheiro, cozinha e elevador, e que até certo ponto já não se podia falar de imigrantes porque já se consideravam milaneses e já ninguém os chamava de "os do Sul" porque agora a luta era entre os vermelhos e os negros nos arredores da catedral de San Babila, onde os primos brigavam, batiam e apanhavam, enquanto meu pai ia à ópera de Verdi e não queria saber de política. Meu pai conta que discutia muito com os primos. Por causa da política e por causa da Sardenha. Porque eles faziam perguntas cretinas, tipo "Essa camisa é de *orbace*, do tecido dos fascistas?", apontando para a camisa linda e de boa qualidade, que minha avó tinha feito para ele. Ou então "Vocês têm bidê? E galinhas? Elas ficam na sacada?".

Então meu pai caía na gargalhada e depois se irritava e os mandava às favas, que ele era um pianista educado e sossegado. Os primos não lhe perdoavam o desinteresse pela política, o fato de não odiar os burgueses, de nunca ter batido num fascista e nunca ter brigado na rua. Eles, que ainda criança iam aos comícios de Capanna, tinham desfilado em maio de 1969 e ocupado a estrada nacional em 1971. No entanto, meu pai e os primos se gostavam e sempre faziam as pazes. Tinham ficado amigos naquele novembro de 1963, no sótão, quando andavam pelos telhados, saindo pelo postigo, escondido dos tios: o tio de Milão, que vendia tecidos vagabundos, e o tio de Cagliari, que ia ajudá-lo; a tia de Milão que trabalhava como empregada, e a tia de Cagliari, completamente doida, que estudava a arquitetura das casas dos bairros populares, com aquele inesquecível gorro de lã que segurava o coque de tranças à moda da Sardenha.

Minha avó me contou que a irmã lhe telefonava de Milão e lhe dizia que estava muito preocupada com meu pai, um rapaz avoado, fora do mundo, todo ele música. Nada de namoradas, enquanto os filhos, mais novos, já estavam noivos. A verdade é que meu pai não estava na moda, tinha o cabelo curto quando todos eram cabeludos, exceto os fascistas e ele, coitado, não era fascista, claro, mas não queria que os cabelos caíssem em seus olhos enquanto tocava. Dava pena, sem uma namorada, sozinho com suas partituras. Então, minha avó, quando desligava o telefone, começava a chorar com medo de ter transmitido ao filho aquele tipo de loucura que afugenta o amor. Tinha sido um menino sempre sozinho, que nunca ninguém convidava para nada, um menino selvagem, algumas vezes desajeitadamente carinhoso, cuja companhia ninguém procurava. No Conservatório, foi um pouco melhor, mas não muito. Ela bem que tentava dizer a meu pai que havia outras coisas no mundo, e meu avô também, mas ele apenas ria dos pais, que nunca se esqueceram da noite de 21 de julho de 1969, quando Armstrong pisava na Lua, e o filho não parou de ensaiar a "Opus 35, variações sobre um tema de Paganini", de Brahms para o concerto de encerramento do curso.

12

Quando minha avó percebeu que já estava velha, me dizia que tinha medo de morrer. Não pela morte em si, que devia ser como ir dormir ou fazer uma viagem, mas sabia que Deus estava ofendido com ela, porque lhe tinha dado muitas coisas belas neste mundo, e ela não tinha conseguido ser feliz, e isso Deus não podia perdoar. No fundo, esperava ser mesmo doida, porque se fosse sã o inferno era certo. Mas havia de discutir com Deus, antes de ir para o inferno. Ela o faria perceber que, se Ele cria uma pessoa de uma certa forma, depois não pode querer que ela aja como se não fosse ela. Gastou todas as suas forças a se convencer de que aquela era a melhor vida possível, e não a outra, de que tinha saudades e que desejava tanto que ficava quase sem poder respirar. No entanto, por algumas coisas pediria sinceramente perdão a Deus. Pelo vestido de caxemira que meu avô tinha lhe comprado em Milão e que ela rasgara na escada rolante da estação, pela xícara de café deixada aos pés da cama, naquele primeiro ano de casada, como se fosse a tigela de um cachorro, pela sua incapacidade de apreciar os dias na praia, quando ficava pensando que o veterano apareceria em Poetto, andando rápido com a sua muleta.

E por aquele dia no inverno, em que meu avô voltou para casa com um embrulho, e nesse embrulho havia um traje de montanhismo, que pedira emprestado, sabe-se lá a quem, lhe sugerindo um passeio ao Supramonte, que tinha sido organizado pelo escritório para os empregados das salinas, e ela, embora nunca tivesse estado nas montanhas, sentiu um descontentamento imenso e a única coisa que teve vontade de fazer foi arrancar das mãos de meu avô aquela roupa ridícula. Mas ele continuou a dizer que os verdadeiros sardos deviam conhecer a Sardenha.

Tinha pegado emprestado um par de sapatos muito feios, de ginástica, e um suéter grosso, também muito feio, e as melhores coisas eram para ela e para o filho. Por fim, minha avó, distraída, disse:

– Está bem – e começou a fazer sanduíches, enquanto meu avô, que a ajudava sempre, vá lá se saber por quê, tirava uns *plin plin* tristes ao piano de dona Doloretta e dona Fanní. Deitaram-se cedo porque tinham de estar às cinco da manhã no ponto de encontro e chegar a Orgosolo, e subir até Punta sa Pruna, e atravessar a Foresta Montes, e continuar até ao círculo megalítico Dovilino, e passar pelos montes que ligam o Gennargentu ao Supramonte, até Mamoiada. Estava tudo coberto de neve e meu pai não cabia em si de excitação, mas meu avô já batia os dentes e as outras pessoas do grupo tinham lhe aconselhado o calor das lareiras e o ravióli de batatas e o leitão no espeto e o *fil'e ferru*, a cachaça típica da Sardenha, de um restaurante da região. Ele, teimoso, não quis saber. Tinham que conhecer os montes da Sardenha, eles, que eram gente do mar e da planície.

A Foresta Montes, uma das poucas florestas primitivas da Sardenha, porque as suas azinheiras seculares nunca foram cortadas, estava imersa em silêncio e numa neve macia e branca que chegava até os joelhos. Assim meu avô não ficou logo com os sapatos e as calças encharcados, mas continuava andando em silêncio, sem parar.

E andava no ritmo dos outros. Minha avó, durante um bom pedaço do caminho, ia à frente como se não tivesse marido nem filho, mas depois, quando chegaram lá embaixo, no vale, e surgiu o lago de Oladi, todo congelado, vindo de um outro mundo para a aquela imensa solidão, ficou parada, esperando por eles.

– Olhem! Olhem só que lindo!

E quando atravessaram o bosque de carvalhos, com os troncos delgados a se entrelaçarem cobertos de musgo, que parecia neve, guardou no bolso algumas daquelas folhas fantásticas e também colheu um raminho de tomilho, para a sopa, quando voltassem a Cagliari. E continuou a andar ao lado de meu avô, com os bonitos sapatos forrados de pelo, porque não lhe queria mal e até sentia tristeza por não amá-lo. Sentia tristeza e pena, e perguntava a si mesma por que é que Deus, no amor, que é o que há de mais valioso neste mundo, organiza as coisas de um modo tão absurdo, e uma pessoa faz todas as gentilezas possíveis e imagináveis para outra, e não há meio dessa outra senti-lo, e às vezes tem até que bancar a estúpida, como ela fazia naquele momento, porque não tinha emprestado nem o cachecol, mas ele a seguia, no meio da neve, bom garfo como era, perdendo a oportunidade de comer o ravióli de batatas da região e o leitão no espeto. Durante a viagem de volta, sentiu tanta pena dele que, no escuro do ônibus, apoiara a cabeça no seu ombro e deu um suspiro como se dissesse "Ora, ora".

E meu avô estava tão frio, que parecia um cadáver.

Em casa, ela preparou o banho e fez o jantar e se assustou ao ver quanto meu avô bebia. Era a mesma quantidade de sempre mas era como se nunca tivesse visto aquilo.

De noite, porém, foi tudo maravilhoso. Mais do que de todas as outras vezes. Minha avó, depois de colocar meu pai na cama, estava comendo uma maçã, distraída, usando um roupão e uma camisola já velha, quase pronta para ir dormir. Meu avô fechou a porta da cozinha à chave para ter a certeza de que o filho não ia entrar. Depois começou a brincadeira e mandou que ela tirasse o roupão e a camisola e se deitasse nua em cima da mesa, como se ela fosse o seu prato preferido. Acendeu o fogão, para ela não sentir frio, e voltou a jantar, servindo-se daquela iguaria divina. Explorava seu corpo todo com a mão e, antes de saborear qualquer coisa, até mesmo a excelente salsicha sarda da aldeia, a enfiava dentro da boceta de minha avó, porque nos prostíbulos era essa a palavra mais usada. Ela começou a ficar excitada e a se tocar e, naquele instante, não queria saber se o amava ou não amava, e só queria continuar com aquilo.

– Eu sou a sua puta – gemia.

Depois meu avô derramava vinho sobre seu corpo todo e a lambia e chupava, principalmente os peitos grandes, que pareciam de manteiga e eram a sua paixão. Mas também quis castigá-la, talvez pela forma como se comportou durante o passeio ou, vai lá se saber por quê, com meu avô nunca dava para saber ao certo, e tirou o cinto e a obrigou a andar pela cozinha, e ia batendo nela, mas teve o cuidado de não machucar muito e não deixar marcas naquela bunda magnífica.

Debaixo da mesa, minha avó o acariciou e chupou também, coisa que já fazia como uma especialista, mas, de vez em quando, parava para perguntar a ele se era mesmo uma boa puta e quanto já tinha economizado com ela, e se nunca mais tinha voltado aos prostíbulos.

Divertiram-se juntos durante muito tempo e depois meu avô se pôs a fumar o cachimbo e ela se encolheu do seu lado da cama e adormeceu, como sempre.

13

Nas noites, com o veterano, ao contrário, ficava tão emocionada por ter conhecido, enfim, a coisa mais importante do mundo, que nunca dormia, e passava as horas vendo como ele era bonito, aproveitando alguma claridade na escuridão, e quando ele estremecia assustado, como se ouvisse tiros ou as bombas que acertaram o navio e o partiram em dois, tocava-o bem de leve e o veterano, mesmo dormindo, a puxava para ele e não se afastava mais dela. Então minha avó ganhava coragem e fazia uma curva com seu corpo e punha o braço do veterano em volta dele, com a mão em sua cabeça, e a sensação que essa posição nunca antes experimentada lhe causava era tal que não conseguia se submeter a essa coisa, segundo ela, sem sentido que é adormecer quando se é feliz. E se perguntava se todos os apaixonados vivem assim, insones e sem fome, se isso era possível. Ou se também eles não precisavam, a certa altura, comer e dormir.

O veterano agora lia o caderno preto de bordas vermelhas e era um professor muito exigente porque, a cada erro de ortografia, ou repetição da mesma palavra, ou outro erro qualquer, dava-lhe uma palmada e lhe despenteava os cabelos, e queria que ela escrevesse tudo de novo.

– Não é *mi va bééne*, não é mi va *bééne* – dizia ele com aquele *é* alongado e aberto de Gênova e de Milão, e minha avó não se ofendia e até se divertia muito.

E também ficava louca com a música, quando ele imitava o som dos instrumentos das peças clássicas e depois, passado algum tempo, voltava a imitar, e ela arriscava o título e o autor. Ou então ele cantava óperas fazendo as vozes dos homens e das mulheres, ou recitava poemas, por exemplo de um que foi seu colega de escola, Giorgio Caproni, que escreveu, do qual minha avó gostava muito porque parecia que estava em Gênova, onde nunca tinha estado, mas achava que os lugares dos poemas se pareciam com Cagliari. Cagliari era tão vertical, que, quando chegava ao porto, vindo do mar, voltando da estátua de Santo Efísio, por mais de uma vez as casas lhe pareceram construídas umas em cima das outras. Cagliari, como a Gênova descrita pelo veterano e por seu amigo, ou pelo outro coitado, um tal de Dino Campana que tinha morrido num manicômio, era *escura e labiríntica e misteriosa e úmida*, abrindo-se em inesperados e insuspeitados vãos que dão para a grande *luz mediterrânea*, ofuscante. Então, mesmo que tenha pressa, não deixe de se debruçar num muro, ou numa balaustrada de ferro e se deliciar com o céu, o mar e o sol *maravilhosos*. E, ao olhar para baixo, verá os telhados, as sacadas com os gerânios e a roupa estendida e os gaves nas encostas, e a vida das pessoas, que parecem pequenas e fugidias, mas também alegres.

*

Das sessões de prazer com minha avó, a que o veterano preferia era a da gueixa, a mais difícil. Porque, com meu avô, ela só precisava falar o que haveria para o jantar, mas o veterano queria sessões mais sofisticadas, por exemplo, com a descrição da praia do Poetto e de Cagliari e da sua aldeia, e os relatos da sua vida diária e do seu passado e das emoções, que sentiu dentro do poço, e fazia muitas perguntas e queria respostas detalhadas. Foi assim que minha avó saiu do seu mutismo, tomou gosto e não parava de falar da brancura das dunas do Poetto e da barraca de listras brancas e azuis, e que, se fôssemos até lá no inverno, depois do vento, para ver se ainda estava de pé, montanhas de areia branca nos impediriam de entrar. E se olhássemos para a linha da arrebentação, pareceria mesmo uma paisagem de neve, sobretudo se o frio fosse intenso e estivéssemos de luvas, gorros de lã e sobretudo, e todas as janelas da barraca estivessem fechadas. Só que as barracas eram de listras azuis, cor de laranja, vermelhas, e sentia-se que o mar estava lá, mesmo que estivéssemos de costas. No verão, porém, minha avó, meu avô e meu pai iam para lá passar férias, com as vizinhas e os filhos, e levavam tudo o que era preciso num carrinho. Ela tinha um vestido que abotoava na frente, próprio para a praia, com bolsos grandes e bordados. Os homens, quando passavam o domingo ou os dias de folga lá, usavam pijamas ou roupões felpudos, e todos tinham comprado óculos de sol, incluindo meu avô que sempre disse que os óculos de sol eram coisa de quem é *ta gan'e cagai*, cheio de bosta.

Gostava tanto de Cagliari e do mar e da sua aldeia, com aquele cheiro misturado de lenha, lareira, bosta de cavalo, sabão, trigo, tomates, pão quente!
Mas não gostava tanto como dele, o veterano. Gostava mais dele do que de todas as outras coisas.

Com ele não tinha vergonha de nada, nem sequer de fazer xixi juntos para expelirem os cálculos, e como tinham passado a vida a lhe dizerem que ela parecia ter vindo da Lua, achou que tinha encontrado, finalmente, alguém desse mesmo país, e essa era a coisa mais importante da vida, a que sempre lhe faltara.

*

Na verdade, depois do tratamento nas termas, minha avó nunca mais rabiscou as paredes, que ainda permanecem na via Manno, nem arrancou os bordados, que se mantêm nos bolsos dos meus babadores e que, se Deus quiser, passarei para o dos meus filhos. Nem ao embrião de meu pai faltou a coisa mais importante.

O caderno o deu ao veterano porque já não teria mais tempo para escrever. Tinha que começar a viver. Porque o veterano foi um instante e a vida de minha avó foi muitas outras coisas.

14

Ao voltar para casa, ficou logo grávida e durante todos aqueles meses nunca teve uma cólica renal e sua barriga ia crescendo, e meu avô e as vizinhas não a deixavam fazer nada e a tratavam *cummenti su nènniri*, como uma plantinha que acabou de brotar. Meu pai teve um berço de balançar de madeira azul e um enxoval feito no último momento para afastar o mau-olhado e, quando fez um ano, meu avô quis fazer uma festa grande na cozinha da via Sulis, com a toalha bordada à mão em cima da mesa, e comprou uma máquina fotográfica e finalmente provou, coitado, um bolo de aniversário de verdade, à americana, com camadas de creme quase sólido e chocolate com pão de ló e uma velinha. Minha avó não aparece nas fotografias. Tinha ido chorar de emoção no quarto, porque começaram a cantar "Parabéns pra você". E quando foram todos convencê-la a voltar, ficou dizendo que não podia acreditar que dela tivesse saído uma criança e não apenas cálculos. E continuava chorando desenfreadamente e as irmãs, vindas da aldeia só para a festa, e meu avô, esperavam certamente por algum escândalo, que mostrasse a todos que minha avó era realmente doida. Mas ela se levantou da cama, enxugou os olhos e voltou para a cozinha e pegou seu menino no colo. Não aparece nas fotografias porque se sentia feia com os olhos inchados e queria estar bonita no primeiro aniversário do filho.

Depois minha avó ficou grávida outras vezes, mas se via que para todos aqueles que teriam sido irmãos de meu pai faltou a coisa mais importante, e eles não quiseram nascer, desistindo logo nos primeiros meses.

Em 1954, foram morar na via Manno. Foram os primeiros a sair da casa comum da via Sulis e, embora a via Manno ficasse muito perto, sentiam saudades. Por isso, meu avô, aos domingos, imitava os antigos vizinhos e assava na grelha, lá em cima no terraço, peixes ou salsichas e tostava o pão com azeite, e quando o tempo estava bom levavam para lá as mesas e as cadeiras de piquenique, que, no verão, costumavam levar para a barraca do Poetto. Minha avó gostou logo da casa da via Manno, mesmo antes de a terem construído, desde que viu o enorme buraco e todos aqueles destroços. O terraço depressa passou a ser um jardim. Lembro-me da videira americana e da hera que trepava pelo muro no fundo, os gerânios reunidos por cores, os lilases, os cor-de-rosa, os vermelhos. Na primavera, florescia o bosquezinho amarelo das giestas e das frésias, e no verão, era a vez das dálias e dos jasmins perfumados e das buganvílias; no inverno, os piricantos davam tantas frutinhas vermelhas que as usávamos como decoração de Natal.

Quando o mistral soprava, colocávamos os lenços e corríamos para salvar as plantas, encostando-as no muro ou cobrindo-as com celofane, e chegávamos mesmo a levar para casa algumas das mais delicadas, até o vento deixar de soprar e de varrer tudo.

15

Houve épocas em que pensei que o veterano não amava minha avó. Não lhe tinha dado seu endereço, mas ele sabia onde ela morava e nunca lhe mandou sequer um cartão-postal, mesmo que fosse assinado por um nome de mulher, porque minha avó reconheceria sua letra dos poemas que tinha guardado. O veterano não queria vê-la de novo. Talvez também tivesse achado que ela era doida mesmo e tinha medo de encontrá-la um dia, na escada de casa, ou no pátio, à sua espera, fizesse o tempo que fizesse, na chuva, no meio do nevoeiro, ou encharcada de suor, se fosse num daqueles verões abafados e sem vento de Milão. Ou não. Vai ver que era mesmo um amor verdadeiro, e ele não queria que ela cometesse a loucura de deixar por ele todas as outras coisas do seu mundo. Se era assim, para que aparecer e reviver aquilo tudo? Surgir na frente dela e dizer: "Eu sou a vida que você poderia ter vivido e não viveu." E fazê-la, coitada, como se já não tivesse sofrido o bastante, lá em cima no celeiro, cortando os braços e os cabelos, ou no poço, ou de olhos pregados no portão, nas quartas-feiras. E para fazer um sacrifício assim, de desaparecer pelo bem do outro, é necessário amá-lo de verdade.

16

Eu ficava me perguntando, sem nunca dizer a ninguém, claro, se o verdadeiro pai de meu pai não seria o veterano e, quando estava no último ano da escola e estudávamos a Segunda Guerra Mundial, e o professor perguntava se algum de nossos avós tinha lutado nela, meu instinto me fazia dizer que sim. Meu avô era primeiro-tenente no cruzador *Trieste*, III Divisão Naval da Marinha Real, e participou do inferno de Matapan em março de 1941, naufragou quando o *Trieste* foi afundado pela III esquadrilha de B17 do nonagésimo batalhão, na baía de Mezzo Schifo, em Palau, e foi essa a única vez que meu avô veio à Sardenha e, o nosso mar viu-o, sobretudo com as ondas vermelhas de sangue. Depois do Armistício, os alemães o fizeram prisioneiro a bordo do cruzador *Jean de Vienne*, que tomaram da Marinha Real em 1942, e o deportaram para o campo de concentração de Inzert onde ficou internado até os alemães se retirarem para o Leste, no inverno de 1944, com neve alta e muito frio. Na retirada, os alemães atiravam nos prisioneiros ou acertavam seus crânios com a coronha da espingarda, mas por sorte os Aliados o encontraram e um médico americano lhe amputara a perna. Mas meu avô continuou a ser um homem muito bonito, como dizia minha avó, que o olhava escondido, nos primeiros dias nas termas, enquanto ele lia, com aquele pescoço de rapaz curvado para o livro, aqueles olhos líquidos, aquele sorriso e aqueles braços fortes com as mangas da camisa arregaçadas, e aquelas mãos muito grandes e infantis para serem de um pianista, e aquilo tudo de que teve saudade para o resto da vida. E saudades são algo triste, mas também um pouco feliz.

17

Com o passar dos anos, minha avó voltou a ficar doente dos rins e de dois em dois dias ia buscá-la na via Manno e a levava para fazer hemodiálise. Não queria me incomodar e por isso me esperava na rua, com a bolsa onde levava a camisola, as pantufas e um xale, porque depois da hemodiálise sempre sentia frio, mesmo que fosse verão. Ainda tinha os cabelos fartos e negros e aqueles olhos intensos e a boca com todos os dentes, mas os braços e as pernas estavam cheios de furos por causa das injeções e a pele estava amarelada e tinha emagrecido tanto que, mal se sentava no carro e punha a bolsa no colo, me parecia que aquele peso, de trezentos gramas no máximo, poderia esmagá-la.

Num dia de hemodiálise, não a encontrei no portão e achei que poderia estar se sentindo mais fraca do que de costume, e subi correndo os três andares para não nos atrasar, pois havia horários precisos para o tratamento no hospital. Toquei à campainha e ela não respondeu e receei que tivesse desmaiado e abri a porta com a minha chave. Estava tranquilamente deitada na cama, adormecida, pronta para sair, com a bolsa em cima da cadeira. Tentei acordá-la, mas ela não me respondeu. Senti um desespero na alma porque minha avó estava morta. Peguei o telefone e só me lembro de querer chamar alguém que ressuscitasse minha avó, e demorei algum tempo até me convencer de que nenhum médico podia fazer isso.

Só quando ela morreu é que soube que queriam interná-la quando jovem e que, antes da guerra, meus bisavós tinham ido a Cagliari, de ônibus, e que o manicômio de Monte Claro tinha lhes parecido um bom lugar para a filha. Meu pai nunca soube disso. Minha mãe soube pelas minhas tias-avós, quando estava prestes a se casar com o meu pai. As tias a convidaram para ir à aldeia, para lhe falarem em segredo e lhe dizer qual o sangue que corria nas veias do rapaz que ela amava e com quem teria filhos. Davam-se a esse trabalho porque o cunhado, embora soubesse de tudo e, naquele mês de maio, chegado à aldeia como refugiado, já tivesse visto *de dognia colori*, de tudo, não tivera a honestidade de dizer nada à sua futura nora. Não queriam criticá-lo, era um grande homem, e, apesar de ser comunista e ateu e revolucionário, para a família delas tinha sido *sa manu de Deus*, porque se tinha sacrificado e casado com minha avó que estava doente *de su mali de is pèrdas, sa minor cosa, poita su prus mali fiara in sa conca*, dos rins, que era um mal menor, porque o maior estava na cabeça e, quando minha avó não estava mais lá, tinham começado a aparecer pretendentes para elas, coitadas, e a vida passou a ser normal sem aquela irmã que se fechava lá em cima, no celeiro, e cortava o próprio cabelo até parecer uma doida varrida.

Podiam entender que não tivesse contado nada ao filho, já que o sangue que tinha não poderia deixar de ter, mas a ela, uma rapariga saudável, era justo que soubesse. Foi assim, sentada no banco diante dos doces sardos e do café nas xícaras com fios dourados, que minha mãe ouviu o relato de suas futuras tias.

Os pais tinham achado que o manicômio era um bom lugar para minha avó, com um grande bosque na colina, cheio de pinheiros, árvores do paraíso, ciprestes, loendros, giestas, alfarrobeiras e caminhos por onde minha avó poderia passear. E também não havia só um único casarão lúgubre, que poderia assustá-la, mas uma série de residências do início do século XX, bem-cuidadas e com jardim em toda a volta. Minha avó ficaria na seção dos pacíficos, numa residência de dois andares com um vitral muito elegante na entrada, uma sala de estar, dois refeitórios e oito dormitórios, e ninguém diria que ali viviam loucos, não fossem as escadas embutidas nas paredes. Como minha avó era pacífica, poderia sair e talvez mesmo ir até o prédio da diretoria, onde ficavam a biblioteca e a sala de leitura, e lá poderia escrever e ler romances e poesias a seu bel-prazer, mas sob vigilância. E nunca teria contato com as outras residências dos semifuriosos e dos furiosos, e nunca lhe aconteceriam coisas terríveis como ser trancada nas celas de isolamento ou ser amarrada à cama. Afinal, em casa era pior porque, quando vinham as crises de desespero e queria se matar, tinham que salvá-la de qualquer forma. E como fazer isso, senão trancando-a no celeiro, onde tinham tido de colocar grades na janela, ou amarrando-a à cama? Pelo contrário, nas residências do manicômio não havia janelas com grades. O tipo de janela era o usado por um tal doutor Frank no manicômio de Musterlinger, com fechaduras e ferro nos vidros, mas que não se viam. Os pais pegaram o formulário para a admissão no Manicômio de Cagliari, mas depois tiveram trabalho para convencer minha avó a se deixar examinar, e eles próprios precisaram pensar bem no caso, e depois a Itália entrou na guerra.

No entanto, não se podia mantê-la em casa e, apesar de nunca ter feito mal a ninguém senão a si mesma e às suas coisas, e não ser um perigo, todo mundo na aldeia apontava para a casa, dizendo *inguni undi biviri sa macca*, ali mora a louca.

Minha avó sempre os envergonhou, desde aquela vez na igreja em que vira um rapaz de que tinha gostado e começou a se virar para os bancos dos homens e a sorrir e a olhar fixamente, e o rapaz também sorria. Tinha tirado os grampos dos cabelos que soltos, como uma nuvem negra e brilhante, pareciam uma arma de sedução do demônio, uma espécie de feitiçaria. Minha bisavó fugiu da igreja, arrastando-a, ela que na época era sua única filha. Minha avó gritava:

– Mas eu o amo, e ele também me ama!

Mal passaram pelo portão de casa, minha bisavó bateu nela com tudo o que encontrou – a cilha dos cavalos, chicotes, panelas, batedor de tapetes, cordas do poço – e reduziu a filha a uma boneca mole nas suas mãos, de tão desengonçada que ficou. Depois chamou o padre para lhe fazer sair o demônio do corpo, mas o padre deu-lhe a bênção e disse que ela era uma boa menina e que do diabo não havia nem sombra. Essa história contou minha bisavó a todo mundo para justificar a filha, para que todos entendessem que era louca, mas boa, e que na casa deles não havia nenhum perigo. No entanto, por precaução, foi fazendo nela um exorcismo ou outro até ela se casar com meu avô.

A doença de minha avó podia ser definida como uma espécie de loucura amorosa. Ou seja, bastava que um homem bem-apessoado transpusesse o portão da casa e lhe sorrisse, ou apenas olhasse para ela – e como ela era muito bonita, isso era coisa que podia facilmente acontecer –, para ela o tomar por um pretendente. Começava a esperar por uma visita, uma declaração de amor, um pedido de casamento e passava o tempo escrevendo naquele maldito caderno preto, que eles tinham procurado para levar para o médico do manicômio, mas não tinham conseguido encontrar. É claro que nunca ninguém aparecia para pedi-la em casamento e ela esperava e olhava fixamente para o portão e ficava sentada no banco na galeria, com a sua melhor roupa, de brincos, lindíssima, porque era de fato linda, e sorria o tempo todo como se não entendesse nada, como se tivesse vindo da sua aldeia na Lua. Depois a mãe descobriu que ela escrevia cartas, ou poemas de amor, para esses homens, e quando percebia que eles nunca mais voltariam, começava a tragédia e ela gritava e se atirava no chão e queria acabar consigo mesma e com todas as coisas que tinha feito, e minha bisavó tinha de amarrá-la à cama com ataduras. No entanto, pretendentes a sério nunca teve nenhum, porque nenhum rapaz da aldeia pediria a mão de minha avó e tinham que pedir a Deus que alguém, mesmo com a vergonha de passar a ter uma louca na família, viesse a querer as outras irmãs.

Naquele maio de 1943, o cunhado, refugiado, sem casa e que tinha acabado de perder a mulher, passou por maus bocados, e não foi preciso lhe explicar nada porque, para minha avó, a primavera era a pior estação. Nas outras estações, ficava mais calma, lançava as sementes das flores nos canteiros, trabalhava no campo, fazia pão e bordava em ponto de cruz. Varria o chão de tijolos, dava de comer às galinhas e aos coelhos, afagando-os e fazia decorações no meio das paredes tão bonitas que até das outras casas a chamavam para que ficasse tudo pronto antes da primavera. Minha bisavó ficava tão contente de a deixarem trabalhar na casa deles durante tanto tempo que nem queria que lhe pagassem, coisa que minhas tias-avós não achavam justa. Nos seus primeiros dias como refugiado, meu avô, durante o jantar, na frente do prato de sopa, falou da casa na via Manno, das bombas e da morte dos seus, que estavam todos reunidos, no dia 13 de maio, para comemorarem seu aniversário, e da mulher que tinha lhe prometido um bolo, e que ele estava quase chegando quando soou o alarme e então pensou que os encontraria no abrigo nas grutas do Jardim Público, mas, no abrigo, não encontrou nenhum dos seus. Minha avó se levantou no meio da noite e rasgou seus bordados em ponto de cruz, rabiscou as pinturas que fez no meio da parede e esfregou no rosto e no corpo rosas com espinhos, e ficou com espinhos cravados por todo o lado, até na cabeça.

No dia seguinte, o futuro marido tentou falar com ela e, como ela estava fechada no estábulo, onde estava o estrume, falou do pátio mesmo, através da porta de madeira e lhe disse que a vida é assim mesmo, que há coisas horríveis mas também coisas belíssimas, como, por exemplo, as suas decorações e os bordados que ela tinha feito, por que os tinha destruído? Lá de dentro, minha avó, no meio de todo aquele fedor, tinha respondido enigmaticamente:

– As minhas coisas parecem bonitas, mas não é verdade. São feias. Era eu quem devia ter morrido. Não a sua mulher. A sua mulher tinha a coisa mais importante, que dá beleza a tudo. Eu, não. Eu sou feia. Devo ficar no meio do estrume e do lixo. Eu é que devia ter morrido.

– E, na sua opinião, menina, qual é essa coisa mais importante? – perguntou meu avô.

Mas não se ouviu mais nada vindo do estábulo. E mesmo depois, quando perdia os filhos nos primeiros meses de gravidez, dizia que não seria uma boa mãe porque lhe faltava a coisa mais importante e que os seus filhos não nasciam porque lhe faltava essa coisa e depois se fechava no seu mundo da Lua.

Depois de terminar o relato, minhas futuras tias acompanharam minha mãe até o ônibus e lhe deram um embrulho com os doces, a salsicha e o pão *civraxiu* e depois acariciaram seus longos cabelos lisos, como então se usava. Enquanto esperavam o ônibus, para puxarem assunto, lhe perguntaram o que queria fazer na vida.

– Tocar flauta – respondeu minha mãe.

Sim, mas elas queriam saber que trabalho queria ter, que trabalho de verdade.

– Tocar flauta – repetiu minha mãe.

E minhas tias-avós se entreolharam e dava para ver o que estavam pensando.

18

Minha mãe me contou essas coisas depois que minha avó morreu. Guardou tudo em segredo sempre e nunca teve medo de me deixar com a sogra, de quem gostava muito. Ou melhor, acha que devíamos agradecer a minha avó porque ficou com toda a confusão, que talvez tivesse cabido ao meu pai e a mim. Na verdade, segundo minha mãe, numa família alguém deve ficar com a confusão, porque a vida é assim mesmo, um equilíbrio entre dois contrários, de outra forma o mundo torna-se rígido e para. Se de noite dormimos sem pesadelos, se o casamento de meu pai e de minha mãe nunca sofreu qualquer abalo, se me vou casar com meu primeiro namorado, se não temos crises de pânico e não tentamos nos suicidar, ou nos atiramos nos caminhões de lixo, nem nos desfiguramos, o mérito é todo de minha avó, que pagou por todos nós. Em todas as famílias há sempre alguém que paga o seu tributo para que o equilíbrio entre a ordem e a confusão seja respeitado e para que o mundo não pare.

Minha avó materna, por exemplo, dona Lia, não era má. Tentara pôr a sua vida em ordem, custasse o que custasse, sem conseguir e causando danos ainda piores. Porque, na verdade, não era viúva e minha mãe não tinha o mesmo sobrenome de dona Lia porque seu pai fosse um primo, e também não tinha saído de Gavoi por Gavoi ser feia e não ter mar. Desde pequena, minha mãe sabia de tudo, mas com as outras pessoas, dona Lia teimava nessa história do primo com o mesmo sobrenome e, por isso, sempre que tinham de mostrar os documentos, havia o medo de que alguém contasse tudo, e tinham de se dar com poucas pessoas, e não fazer confidências, e dar presentes aos professores, ou aos médicos, ou a quem quer que soubesse a verdade, para que não falasse nada.

E quando alguém falava de uma mãe solteira, considerando-a uma *egua*, uma vadia, e dona Lia usava a mesma palavra, quando chegavam em casa, minha mãe ia chorar no quarto.

Mas depois minha mãe teve a música de sua flauta e meu pai, e passou a não se importar com nada. Logo que se juntou com meu pai, mudou de família, porque, aquela, sim, era uma família de verdade e meu avô, para ela, era o pai que nunca tinha tido. Colhia espinafres e aspargos silvestres no campo para ela, lhe fazia mexilhões porque ela tinha deficiência de ferro e, quando ia a Dolianova, à nascente, abastecer-se de água para minha avó, que estava outra vez com cólicas renais, andava pelas plantações e pegava todos os alimentos saudáveis que não se encontravam na cidade e voltava com ovos frescos, pão feito nos fornos a lenha, fruta sem pesticidas. Às vezes, minha mãe ia com meu avô e, um dia, afeiçoou-se a um pintinho que tinha ficado sem mãe, irmãos e irmãs, e meu avô e minha avó a deixaram levá-lo para casa. Assim, o pintinho *Nikki* passou também a ser um membro da família e foi o único animal de minha mãe, porque não dá para imaginar animais na casa de dona Lia. Quando meu pai não estava, e meu pai quase nunca estava, era meu avô quem a levava de carro para todo o lado e, se ela se atrasava e escurecia, ele se vestia e ficava sentado na poltrona, pronto para ir buscá-la, se fosse preciso.

É claro que minha avó Lia não tinha ido embora de Gavoi porque a aldeia era feia e também não era verdade que não tinha brigado com a família.

Gavoi é uma aldeia linda nas montanhas. As casas são altas, com dois ou três andares e muitas delas são geminadas e há mesmo algumas que estão como que suspensas entre duas, apoiadas num pilar, e, embaixo, há pátios abertos e cheios de sombra e flores, sobretudo hortênsias, que gostam de sombra e de umidade. De certas partes da aldeia vê-se o lago de Gusana, que muda de cor muitas vezes ao dia, passando do cor-de-rosa para o azul-celeste meio cinza, e para o vermelho e o lilás. Se subirmos no monte Gonari e o tempo está bom, vê-se o mar do golfo de Orosei.

Minha avó Lia tinha fugido. Aos dezoito anos. Grávida de um pastor que trabalhou para a família e que, no início dos anos 1950, tinha emigrado para o Continente, voltando ao saber da reforma agrária e do plano de reconstrução, na esperança de que talvez se pudesse viver bem mesmo na Sardenha, levando uma mulher do Continente e alguns trocados para comprar um pedaço de terra onde pudesse criar ovelhas sem pagar aluguel.

Dona Lia fugiu da aldeia no último ano da escola. Gostava de língua e literatura, e era uma ótima aluna. Em Cagliari, se tornou empregada doméstica e levava a minha mãe recém-nascida para as freiras cuidarem durante o dia. Quando a filha já era mais crescida, voltou a estudar para terminar o ano que ficou inacabado e obter o diploma. Estudava de noite, depois de voltar do trabalho e de minha mãe adormecer. Tinha deixado de ser empregada doméstica e arrumado outro trabalho e também tinha comprado uma casa, feia, mas limpa, organizada, e que era sua. Aquela dona Lia era igual a um carvalho. Uma rocha de granito. Nunca se queixava da sua vida depois daquele mau passo, que tinha descrito tantas vezes à filha, porque queria que, desde criança, ela soubesse de tudo e quem era seu pai. Em vez de histórias de ninar, lhe contava a daquela manhã em que tinha perdido o ônibus para Nuoro na mesma hora em que o pai também ia de Gavoi para o campo, e tinham se encontrado ali, no ponto. Contava a história em lágrimas, porque era uma boa menina, obediente e estudiosa. O pai era um homem de uma beleza intensa e particular, bom, honesto e inteligente, mas infelizmente já estava casado.

– Bom dia, *donna* Lia.

– Bom dia!

E atravessaram de madrugada os ermos selvagens e lhes pareceu que haviam caído num redemoinho de loucura e que a felicidade era possível. A partir desse dia, *donna* Lia perdeu muitas vezes o ônibus. Fugiu sem lhe dizer que estava grávida, porque não queria destruir o mundo daquele desgraçado com uma mulher do Continente que, em Gavoi, nem conseguia ter filhos.

Deixou uma carta para a família, dizendo-lhes para não se preocuparem, para lhe perdoarem, que precisava de outro lugar o mais longe possível, já não suportava Gavoi e a Sardenha, talvez fosse para a Costa Azul, ou para a Riviera da Ligúria, bem sabiam que subia sempre ao monte Gonari na esperança de ver o mar. Nos primeiros tempos, telefonou quase todos os dias e não dizia onde estava. A irmã mais velha, que cuidara dela quando nasceu porque a mãe tinha morrido de parto, chorava e lhe dizia que o pai estava com vergonha de sair de casa e que os irmãos ameaçavam ir procurá-la até ao fim do mundo e matá-la. Nunca mais telefonou. Acabou para sempre com o amor, os sonhos e, depois de obter o diploma, como já não podia mais estudar, acabou principalmente com a literatura e com qualquer expressão artística e, quando a minha mãe decidiu tocar flauta, só aceitou com a condição de isso ser apenas um hobby, que não interferisse nas coisas realmente importantes.

Depois da morte de dona Lia, ainda jovem, mas com as glândulas linfáticas intumescidas e o sangue ralo como água, que já nem saía de casa com vergonha de que a vissem com aquele lenço na cabeça depois da quimioterapia, minha mãe teimou em procurar o pai. A mãe nunca quis lhe dizer como se chamava, mas, com um plano, podia descobrir. Meu pai lhe disse que aquilo não era boa ideia, que não é preciso colocar ordem nas coisas, mas aceitar a confusão da vida, e rir dela. Mas minha mãe era teimosa como uma mula e assim partiram para procurar meu avô materno, numa manhã de verão, muito cedo, para evitar o maior calor. Durante a viagem, a minha mãe ia dizendo *sciollori*, bobagens, por exemplo, que já se sentia uma recém-nascida no colo do papai, e ria sem parar, e achou Gavoi muito linda e melhor do que todos os outros lugares onde tinha estado por causa dos concertos do meu pai, Paris, Londres, Berlim, Nova York, Roma, Veneza. Não havia nada mais belo do que Gavoi.

Tinham inventado uma história e diriam que eram pesquisadores que estudavam a primeira onda migratória da Sardenha e que estavam ali para coletar testemunhos. Minha mãe andava com um caderno e um gravador e até mandara fazer um cartão de visitas com um sobrenome falso. Entraram num café, numa farmácia, numa tabacaria, onde pessoas desconfiadas lhes faziam muitas perguntas, mas depois o seu ar honesto tranquilizava a todos, e eles podiam fazer perguntas sobre as famílias mais abastadas, proprietárias de terra, aquelas que tinham tido pastores a seu serviço e a mais rica tinha sido, e continuava a ser, justamente, a de minha avó Lia. No casarão, vivia agora a irmã mais velha com a filha, o genro e os netos e havia lugar para todos. Minha mãe se sentou na escada da entrada de uma casa em frente e não parava de observar tudo. Era uma das casas mais bonitas da aldeia, uma construção de granito, de três andares, que dava para a rua e também tinha duas alas laterais para duas ladeiras. O térreo tinha doze janelas, a porta de madeira maciça, verde-escura, com batentes de latão. O segundo andar, uma grande porta envidraçada, que dava para a sacada central. O terceiro, todo com vidraças com cortinas pesadas e bordadas que impediam que se visse o interior. Minha mãe continuava a olhar fixamente para a casa e não podia imaginar a mãe, pobre como sempre tinha sido, porque metade do salário ia para pagar a hipoteca da casa, ali, naquele ambiente tão rico. Numa das duas alas laterais do edifício, na ladeira, havia a entrada de serviço, com uma porta interna e lá dentro um jardim com roseiras-bravas, limões, louro, hera e gerânios vermelhos nas janelas. Nos degraus, brinquedos, um caminhão basculante e uma boneca num carrinho. Minha mãe continuou hipnotizada até meu pai lhe dizer:

– Vamos.

Minha tia-avó tinha sido avisada pelo farmacêutico. Quem foi abrir deve ter sido uma criada, seguida por duas crianças, que lhes disse para subirem até o andar de cima, onde a senhora os aguardava. As escadas eram de pedra polida, escuras, mas a sala onde a tia os aguardava era luminosa, era a que tinha a porta envidraçada que dava para a sacada.

– São os filhos da minha filha – disse, referindo-se às crianças que os seguiram até a sala. – Ela os deixa comigo quando vai para o trabalho.

Minha mãe tinha perdido a fala. Meu pai fez seu papel e disse que trabalhava com a colega, ali presente, do Instituto de História de Cagliari, que estavam fazendo uma tese de licenciatura aplicada sobre a primeira onda migratória, a dos anos 1950, na Sardenha. Será que ela não poderia lhes fazer o favor, dado que a sua família tivera certamente pastores contratados a seu serviço, de lhes dizer o nome de alguns deles que tenham ido para o Continente nessa época e contar a sua história?

Minha tia-avó era uma bela senhora, morena, esguia, elegantemente vestida apesar de estar em casa, os traços do rosto bem equilibrados, cabelos presos mas soltos na nuca. Ela usava brincos sardos, daqueles que parecem botões. A empregada, sempre seguida pelas crianças, trouxe uma bandeja com café e doces sardos. As crianças fizeram questão de mostrar a minha mãe e meu pai baldinhos, pás, barcos e pés de pato, dizendo que, na semana seguinte, iriam para a praia.

– *Pizzinos malos*, crianças levadas – disse a avó, sorrindo com ternura. – Vamos, deixem as visitas em paz. Eles estão aqui para fazer uma pesquisa.

Depois continuou:

– Só houve um dos nossos pastores que foi trabalhar em Milão, em 1951. Um bom rapaz, que estava conosco desde criança. Outros partiram depois, nos anos 1960. Mas esse voltou, e comprou um pedaço de terra e ovelhas.

– E onde está agora? – interveio pela primeira vez minha mãe.

– *Addolumeu*, coitado – respondeu minha tia-avó –, atirou-se num poço. Tinha uma mulher do Continente, sem filhos, que nem sequer chorou por ele e voltou para o Norte, logo depois da desgraça.

– Mas quando foi isso? – perguntou meu pai num fio de voz.

– Em 1954. Lembro-me bem porque foi o ano em que a minha irmã Lia, a mais nova, morreu.

E apontou para a fotografia de uma menina de ar romântico que estava em cima de uma cômoda, ao lado de uma jarra de flores frescas.

– A nossa poetisa – acrescentou.

E recitou de cor uns versos:

Minha espera desperta, cheia de aflição,
com os golpes azuis da primavera,
depois de toda a timidez durante a luz pálida do inverno.
A minha espera não entende,
e não pode se fazer entender,
em meio ao amarelo suave e ansioso das mimosas atrevidas.

– É um poema de amor, que ficou guardado numa gaveta, sabe-se lá em quem pensava, pobre menina – ainda comentou minha tia-avó.

Minha mãe não disse uma palavra até Cagliari e, por fim, o meu pai perguntou-lhe:

– Você acha que ele se matou por causa da sua mãe? Não é incrível que ela escrevesse poemas quando jovem?

A minha mãe encolheu os ombros como se dissesse "E eu com isso!" ou "Não quero nem saber".

19

Hoje, vim aqui à via Manno fazer uma faxina, porque, assim que as obras terminarem, vou me casar. Estou contente porque os operários estão recuperando a fachada, que já começava a se deteriorar. As obras estão a cargo de um arquiteto, que também é poeta e respeita aquilo que a casa foi.

É a terceira vez que nasce. No século XIX, era mais estreita, só tinha duas sacadas por andar com balaustradas de ferro batido e janelas altas, de duas portas, com os três vidros na parte de cima e venezianas; em cima da porta principal havia um arco trabalhado com estuques e o telhado era em parte um terraço, mesmo nessa época, e da Via Manno só havia a imponente cornija. Há dez anos que nossa casa está vazia, não vendemos nem alugamos, por amor e porque não nos importamos com outras coisas. Mas não é que tenha estado realmente vazio.

Meu pai, quando volta a Cagliari, vem tocar o seu velho piano, o de dona Doloretta e dona Fanní.

Fazia isso mesmo antes de minha avó morrer, porque minha mãe tinha que estudar flauta e, em casa, precisam chegar sempre a um acordo quanto aos horários. Meu pai pegava nas partituras e vinha para cá e minha avó fazia todas as coisas que ele gostava de comer, mas, quando chegava a hora, batíamos na porta e ouvíamos:

– Não, obrigado. Talvez mais tarde. Comecem sem mim.

Mas não me lembro de vê-lo sentando à mesa. Só saía da sala para ir ao banheiro e, se o encontrava ocupado, por mim, por exemplo, que sou devagar em tudo, quanto mais no banheiro, ficava irritado, ele que era um homem tranquilo, e dizia que tinha vindo para a via Manno para estudar, mas que ali nada se passava do jeito que devia ser. Quando sentia fome, sem horário certo, ia à cozinha, onde minha avó deixava um prato coberto e uma panela de água em cima do fogão para aquecer a comida em banho-maria. Comia sozinho, tamborilando na mesa com os dedos, ainda tocando, e se porventura nós nos aproximávamos da cozinha para lhe perguntarmos qualquer coisa, ele respondia com monossílabos para não nos encorajar a continuar a conversa. Queria ser deixado em paz. Estava sempre em pleno concerto e não é qualquer um que dorme, vai ao banheiro, faz o dever de casa e vê televisão, sem som, claro, ouvindo um grande pianista tocar Debussy, Ravel, Mozart, Beethoven, Bach e outros. E, embora eu ficasse mais à vontade com minha avó quando meu pai não aparecia por lá, era muito bom quando ele estava. E eu, criança ainda, escrevia sempre qualquer coisa, uma redação, um poema, uma história, em sua homenagem.

Esta casa também não ficou vazia porque sempre venho aqui com meu namorado e sempre penso que a energia de minha avó ainda está entre essas paredes e que, se fazemos amor numa cama da via Manno, nesse lugar mágico, com o barulho do mar e o grito das gaivotas, nos amaremos para sempre. Porque, afinal, no amor, talvez seja preciso acreditar numa certa magia, porque não há como descobrir uma regra, um mandamento, algo que faça as coisas ficarem sempre bem.

E, em vez de limpar os quartos e a sala ou ler as notícias sobre a situação no Iraque, onde ninguém entende se os americanos estão liberando ou ocupando o país, fiquei escrevendo no caderno que sempre trago comigo sobre minha avó, o veterano, sua mulher e filha, meu avô, meus pais, as vizinhas da via Sulis, minhas tias-avós paternas e maternas, minha avó Lia, dona Doloretta e dona Fanní, a música, Cagliari, Gênova, Milão, Gavoi.

Agora que me vou casar, a sacada é de novo um jardim, como nos tempos de minha avó. A hera e a videira trepam no muro ao fundo e há também os gerânios vermelhos, lilases e brancos e o roseiral, e as giestas cobertas de flores amarelas e as madressilvas e as frésias, as dálias e os jasmins perfumados. Os operários impermeabilizaram o teto, e a umidade já não faz cair pedaço de reboco sobre nossas cabeças. Também pintaram as paredes, deixando intatas as decorações que minha avó fazia até o meio da parede, claro.

Foi nesse dia que encontrei o caderno preto com a borda vermelha e uma carta já amarelada do veterano. Na verdade, não encontrei, foi um operário que os achou e me deu. Uma parte das decorações da sala de estar estava toda estragada, tivemos que descascar a parede no local. Tudo bem, pensei, emassamos e colocamos um móvel na frente. Foi naquele lugar que minha avó escavou a parede e escondeu o caderno e a carta do veterano. Depois pintou de novo por cima, mas a decoração não ficou muito boa e acabou estragando com o tempo.

20

"*Gentil senhora*", dizia a carta do veterano, "*fiquei lisonjeado e acho que também ligeiramente envergonhado com tudo o que imaginou e escreveu a meu respeito. A senhora me pede para avaliar o seu relato do ponto de vista literário e pede desculpa pelas cenas de amor que inventou, mas acima de tudo por aquilo que de verdadeiro escreveu sobre a minha vida. Diz que sente como se tivesse me roubado qualquer coisa. Não, minha cara amiga, escrever sobre alguém como a senhora fez é um presente. Por mim, não deve se preocupar com nada. O amor que inventou entre nós me comoveu e ao ler, me perdoe a ousadia, quase lamentei que esse amor não tenha existido de verdade. Mas conversamos tanto, fizemos companhia um ao outro, até demos algumas gargalhadas juntos, tristes como estávamos, naquele lugar, não é verdade? A senhora com todos aqueles filhos que não queriam nascer, eu e minha guerra, as muletas, as suspeitas. E tantos cálculos nos rins. A senhora me diz que ficou grávida de novo, mal voltou das termas, e que tem outra vez esperança. Desejo de todo o coração que a criança nasça e gosto de pensar que a ajudei a expelir os cálculos e que nossa amizade contribuiu, de alguma forma, para fazê-la recuperar a saúde e a possibilidade de ter filhos. A senhora também me ajudou, as relações com minha mulher e minha filha melhoraram, estou conseguindo esquecer. Mas há ainda algo. E imagino que rirá ao ler aquilo que estou prestes a lhe contar: já não ando tão desmazelado como meses atrás, lá nas termas. Deixei de usar sandálias e meias de lã, e camisetas e calças amarrotados. A senhora me inventou de camisa branca e engomada e sapatos sempre engraxados e gostei de mim. Antigamente, era assim mesmo. Na Marinha, ai de quem não estivesse sempre um esmero.*

Mas voltemos ao seu relato. Nunca deixe de imaginar histórias. A senhora não está louca. Nunca mais acredite em quem lhe disser coisa tão injusta e tão maldosa. Escreva. Sempre."

FIM

1ª edição	*Maio de 2018*
papel de miolo	*Pólen Soft 70g/m²*
papel de capa	*Cartão Supremo 250g/m²*
tipografia	*Minion Pro*
gráfica	*Grafilar*